Die Navajo-Frau
Ein Western-Roman

Richard G. Hole

Far West

ZUSAMMENFASSUNG

Sie hatten die Straße erreicht.

Die Pferde folgten ihm. Der Pfad wurde breiter, und die Schlucht zu ihrer Linken schien flacher zu werden.

Bäume bedeckten es teilweise.

Der Weg wurde noch breiter und bildete eine Art Plattform, über die sich die Wand wie eine Art Visier beugte.

Und dort im Gras lag eine Leiche.

Er lag ausgestreckt auf dem Boden, auf der Seite.

Sie trug einen Wildlederrock mit Fransenkanten hoch über den hellbraunen Beinen.

Zwei gedrehte Arme von derselben haselnussbraunen Farbe bedeckten den Kopf.

Die Navajo-Frau ist eine Geschichte aus der Far West Collection, einer Sammlung von Romanen, die im amerikanischen Wilden Westen entwickelt wurden.

DIE NAVAJO-FRAU

KAPITEL I

Die Straße wurde auf den letzten Metern steiler und verschwand bald darauf. Rechts eine Felswand. Links eine Klippe.

„Bist du sicher, dass du nicht falsch abgebogen bist, Mac?

Mac schüttelte den Kopf. Er war ein Mann in den Vierzigern, mit roten Haaren und Bart. Er trug sehr abgetragene Kleidung.

„Nein, was passiert ist, dass es einen Erdrutsch gegeben hat. Das musst du überspringen und der Weg geht weiter. Lehm ...

"Was ist los?

„Gold ist nah.

"Gut.

Mac sah ihn unter der Hutkrempe an.

„Du scheinst nicht sehr enthusiastisch zu sein. Nun, die Wahrheit ist, dass man sich für kaum etwas aufregt.

Clay antwortete nicht. Er war wahrscheinlich zehn Jahre jünger als sein Partner und glattrasiert. Sein schwarzes Haar fiel ihm zu einem Scheitel in die Stirn. Er hatte seinen Hut abgenommen und ließ die Bergluft seinen Schweiß trocknen.

„Okay, sollen wir?

„Ja", sagte Ton.

Obwohl seine Kleidung staubig war, sah sie in einem besseren Zustand aus als die von Mac. Seine Hände waren behandschuht.

Sie spornten die Pferde an und stürzten sich auf den Hügel. Ihre Hufeisen rutschten auf der harten Erde aus, aber sie schafften es schließlich, ihn zu krönen. Von oben sah die Klippe furchterregend aus. In der Ferne zogen sich Wolken zusammen und verdunkelten die untergehende Sonne.

„Siehst du den Weg? Da unten.

"Ich verstehe.

„Wir machen die Nacht noch ein bisschen weiter. Es gibt eine Höhle. Ich erinnere mich genau, obwohl es zwei Jahre her ist, seit ich das letzte Mal hier war.

Er wandte sich an seinen Partner.

"Hör zu, Freund. Wenn wir das Gold haben ...

„Wir werden reden, wenn wir das Gold haben.

„Okay, okay. Ich wollte dir nur sagen, dass wir uns in der Stadt trennen werden. Dem haben wir zugestimmt, oder?

„Wenn wir schon dabei sind, warum noch mehr reden?

Dann schlug Clay seinem Partner plötzlich auf die Schulter.

„Mac, wenn ich nicht spreche, liegt es daran, dass ich keine Lust zum Reden habe. Aber es ist nichts Persönliches gegen Sie.

„Ich weiß. Aber manchmal denke ich, dass ein Mann erleichtert ist, wenn eine Last von seinen Schultern genommen wird. Ich habe viel Zeit allein verbracht und ich weiß es.

„Nun, in diesem Fall, mit einem Teufel, halt die Klappe und lass uns dem Weg folgen. Wir werden uns trennen oder nicht, jeder weiß es, aber ich sage dir, Mac: Ich hätte keinen besseren Partner wählen können.

„Ich nehme an, ich sollte mich über diese Worte sehr freuen und einen Jig tanzen, aber verdammt, obwohl Sie einem Toten am nächsten stehen, scheint es mir, dass ich auch keinen besseren Reisebegleiter hätte finden können. Und hier reden wir Blödsinn, wenn die Nacht über uns hereinbricht.

Sie hatten die Straße erreicht. Die Pferde folgten ihm. Der Pfad wurde breiter, und die Schlucht zu ihrer Linken schien flacher zu werden. Bäume bedeckten es teilweise.

Die Mauer rechts bildete eine Landzunge. Mac hat es zuerst gefaltet. Als Clay ihn einholte, hörte er seinen Partner rufen und sah ihn stehen.

"Was zur Hölle ist los?

„Schau dir das an, Clay", sagte der andere mit leiser Stimme.

Der Weg wurde noch breiter und bildete eine Art Plattform, über die sich die Wand wie eine Art Visier beugte.

Und dort im Gras lag eine Leiche.

Er lag ausgestreckt auf dem Boden, auf der Seite. Clay sah einen Rock aus Wildleder mit Fransen hoch über den hellbraunen Beinen. Zwei gedrehte Arme von derselben haselnussbraunen Farbe bedeckten den Kopf.

„Eine Frau", sagte Clay und stieg ab.

„Es muss von dort oben gefallen sein", antwortete Mac.

Sie waren bereits neben der Leiche. Clay schüttelte es, und ein Gesicht, eingerahmt von zwei schwarzen Zöpfen, kam in Sicht.

„Ein Indianer", sagte Mac stirnrunzelnd.

Clay senkte den Blick auf seine Beine. Dann legte er mit einer schroffen Bewegung seine Hand auf die Brust der Frau.

„Sie lebt", sagte er nach einem Moment. Komm, hilf mir.

Er nahm die Leiche in die Arme und stand auf. Die Frau hatte die Augen geschlossen. Er war jung und sein Gesicht hatte einen seltsamen, weißlichen Farbton.

„Zur Hölle", sagte Mac. Verdammt, ich denke...

„Halt die Klappe und hilf mir.

Er legte es auf den Hals des Pferdes. Vorsichtig, wie ich es mit einer Kreatur konnte.

„Wie weit ist die Höhle entfernt, von der du mir erzählt hast?

„Oh verdammt, weniger als fünfhundert Meter.

„Gibt es dort Wasser?

„Ja, das gibt es übrigens. Ton, diese Frau...

„Halt die Klappe. Geh.

Das Pferd an den Zügeln führend, begann er zu gehen. Mac bestieg und trieb die Maultiere.

Die Inderin rührte sich. Clay legte seine Hand auf ihre nackte Schulter. Die weiche, farbig gefärbte Lederbluse war zerrissen.

Sie sprachen nicht, bis sie die Höhle erreichten. Es war groß und geräumig; es zeigte seinen mit Binsen geschmückten Mund.

„Bring Wasser und zünde das Feuer an.

"Lehm ...

„Ich sagte, tu es, verdammt. Warte, ich zünde das Feuer an, während du das Wasser bringst.

Vorsichtig legte er den Körper der Indianerin auf den trockenen Sand der Höhle. Sie öffnete die Augen und ein Ausdruck des Entsetzens erschien in ihnen. Er machte eine Bewegung, um sich aufzurichten.

„Halt, kleines Mädchen", sagte Clay. Ruhig. Sei ruhig.

Sie schien ihn nicht zu hören. Er verdrehte die Augen und sein Körper versteifte sich.

Clay hielt sie sanft, aber fest.

„Ruhig, komm schon, Kleiner, still.

Mac kehrte mit dem Wasser in den Häuten zurück. Er warf ihnen einen neugierigen Blick zu und goss das Wasser in den Wasserkocher.

„Schnell", sagte Clay. Schnell. Und du, sei still. Mac, du weißt viel über Indianer. Weißt du, von welchem Stamm das sein könnte?

Er hielt sie an beiden Schultern fest. Sie hatte die Augen geschlossen und ihr Körper entspannte sich. Er schien wieder das Bewusstsein verloren zu haben.

„Sie ist eine Navajo. Schau dir die Bilder auf dem Rock an.

„Können Sie mit ihm in seiner Sprache sprechen?

„Ich kann, wenn sie nicht tot ist oder ...

„Ist es nicht. Komm, lass uns das Feuer anzünden.

Zehn Minuten später kochte das Wasser fast. Clay ging zu seinem Maultier und holte eine Ledersatteltasche heraus.

„Was zum Teufel wirst du tun? Fragte Mac.

Ton richtete sich auf.

„Mac, du hast dasselbe gesehen wie ich, oder?

"Ja, ich denke schon.

„Dieser Frau ist etwas zugestoßen, und ich stelle mir vor, was es ist.

Seine Zähne waren zusammengebissen. Sein Gesicht war blass.

„Aber du, was zum Teufel kannst du tun?

Clay hatte die Satteltasche geöffnet. Daraus nahm er eine Brieftasche heraus.

Mac beugte sich über ihn.

„Aber das... ist das deins?

„Es gehört mir. Gib etwas Wasser in einen sauberen Topf.

"Aber...

Clay sah ihn an.

„Du hast mich nicht verstanden? Muss ich das alles machen?

„Nein, Clay, zum Teufel. Ich mag es genauso wenig wie Sie, aber ich werde Ihnen helfen.

Ton kehrte zu der jungen Frau zurück. Die Sonne war hinter einer dichten Wolkenmasse untergegangen.

"Es wird bald ein Sturm geben", sagte Mac.

„Ich werde sie heilen", sagte Clay.

Mac sah weg.

„Verdammt", sagte er. Fluch. Ich habe vieles gesehen, aber "das" hat immer ...

„Hast du auch gesehen, wie Frauen vergewaltigt wurden?" fragte Clay trocken.

Seine Hände manövrierten geschickt und sicher.

»Er kommt zu sich, Mac. Halte seine Arme.

Die Inderin öffnete den Mund, aber es kam kein Laut von ihren Lippen. Sein gesamtes schockiertes Gesicht war jedoch das einer Person, die "schreit".

"Mit einem Teufel ...

Mac hielt ihre Arme. Der Körper krümmte sich.

Sprechen Sie mit ihm auf seiner Zunge oder schlagen Sie ihm auf den Kiefer.

Mac begann zu sprechen. Die Inderin wandte ihm ihr Gesicht zu, ihr Gesichtsausdruck war seltsam. Mac sprach weiter langsam mit ihr, während er ihre Arme hielt. Dann hörte sie plötzlich auf, sich zu wehren, aber ihr Mund blieb offen.

Lehm fertig. Er nahm eine Decke und breitete sie über den Körper des Mädchens aus. Dann kramte er in seinem Koffer und wandte sich an Mac.

Sagen Sie ihm, ich werde ihm Medizin geben. Das wird den Schmerz nehmen.

Mac sprach. Sie schien auf ihn zu hören. Er schüttelte den Kopf und öffnete den Mund. Dann verschüttete Clay ein paar Tropfen auf seiner Zunge. Er nahm den Kopf in seine Hände und untersuchte ihren Nacken. Ich war da. Eine Wunde mit getrocknetem Blut. Er wusch es und untersuchte es.

"Es scheint nicht so schlimm zu sein", sagte er. Dadurch verlor er das Bewusstsein.

„Ich würde gerne", sagte Mac langsam, während er auf den Worten kaute, „den Schurken, der das getan hat, nehmen und eine halbe Stunde mit ihm plaudern.

Clay war auf den Beinen. Er wusch seine Hände im heißen Wasser. Er wandte sich an seinen Partner.

"Und ich würde es gerne miterleben", sagte er.

Die Inderin hatte die Augen geschlossen. Es schien zu schlafen.

„Was hast du ihm gegeben?

"Opium.

Mac zog den Gummisack heraus, in dem er seinen Tabak aufbewahrte. Mit zitternden Händen begann er, sich eine Zigarette zu drehen.

„Ton, du... all diese Werkzeuge... und du hast Opium. Ihre...

„Das bin ich, Mac, mach dir keine Sorgen. Ich bin ein Arzt.

„Ja, das bist du, Hölle. Sie sind. Man muss nur sehen, was Sie für dieses arme Geschöpf getan haben.

Clay hatte Mac den Rücken gekehrt.

„Ich denke, wir sollten das Abendessen machen", sagte er.

„Was ich nicht verstehe ist, dass …

„Halt die Klappe, ja?

"Ja.

Mac fing an, das Abendessen zuzubereiten. Er sah zu, wie Clay seine Hand auf die Stirn der Inderin legte und dann ihren Puls fühlte.

"Ist sehr schlecht?

„Er hat leichtes Fieber. Mac, was ist die nächste Stadt?

„Zuletzt, und es ist nicht nah. Es sind fünfzig Meilen.

„Du musst es irgendwo hinbringen. Wenn es schlimmer wird, könnte ich hier nicht viel machen.

„Da ist der Dulles-Posten. Zwanzig Meilen den Hügel hinunter. Unterwegs.

"Mac.

"Ja?

"Würden Sie bitte…?

„Verdammt nein, Ton. Es sollte getan werden. Gold kann warten. Sie werden es nicht wegnehmen.

„Du bist ein guter Kerl, Mac.

„Fahr zur Hölle. Wer könnte … das verfluchte Schwein gewesen sein, das ihm das angetan hat?

"Ein Inder?

„Könnte sein, Clay. Es gibt Indianer und Weiße, die es verdienen, gehängt zu werden.

„Mac, sie hat dich verstanden.

„Es scheint so, aber er hat nicht reagiert. Vielleicht spricht er einen anderen Dialekt, aber diese Bilder sind Navajo.

„Das ist es nicht, Mac. Hast du es nicht bemerkt? Es ist stumm.

Verdammt, Ton.

„Ich kann nicht sprechen. Wahrscheinlich noch nie. Sie wollte schreien, aber sie kann nicht. Aber sie ist nicht taub. Er hat sich beruhigt, als du mit ihm gesprochen hast.

„Ich habe ihr gesagt, dass du sie heilen würdest und dass wir ihr nichts antun würden. Ich habe es ihm wiederholt.

"Ja.

Es herrschte Stille.

Der scharfe Geruch von gebratenem Speck stieg aus der Pfanne auf.

„Lass uns zu Abend essen. Ich stelle den Kaffee hin.

"Ach, komm schon.

* * *

Am nächsten Morgen war die Sonne nicht sichtbar, versteckt hinter den Wolken. In der Ferne ertönte Donner.

Clay näherte sich der Inderin. Diese hatte ihre Augen offen. Er hat ihren Puls gemessen.

Auf seinem Gesicht erschien ein Ausdruck der Erleichterung.

„Kein Fieber, Mac.

Mac reichte ihm eine Dose Kaffee.

„Sag ihr, dass ich sie wieder heilen werde. Beruhige sie, wenn du kannst.

Ihre Augen waren groß. Er bewegte sich kaum.

„Also, was können wir jetzt tun? Ist es besser?

„Scheint. Mac, bleib noch ein bisschen bei ihr. Ich gehe dorthin zurück, wo es passiert ist. Vielleicht ist da etwas.

Es dauerte nicht länger als eine Stunde, bis er zurückkehrte.

"Ich habe nichts gefunden. Vielleicht haben Sie ...

„Ich werde es mir ansehen. Aber...

Ein dicker Tropfen fiel auf seine Hand. Dann ein anderer. Mehr. Sie betraten die Höhle.

„Das löscht alle Spuren, Clay. Ich denke, es wäre nutzlos. Ich hätte gehen sollen.

„Nun, der Schaden ist angerichtet.

Es hat den ganzen Morgen geregnet. Und am Mittag war das Wetter noch grau und kalt.

Sie aßen und gaben der Inderin Essen. Sie sah sie weiter an, aber in ihren Augen war keine Angst mehr. Da sagte Clay:

„Mac, versuch es.

"Was?

„Es muss eine Möglichkeit für ihn geben, uns zu sagen, wer es war.

Aber Clay, er kann nicht sprechen.

"Ich weiß.

Er runzelte die Stirn.

„Wir sind verdammte Arschlöcher, oder, Mac?

„Ich weiß nicht einmal, wovon du redest.

„Hier, Jungs, solange es Gold gibt, oder? Warten darauf, dass wir ankommen, um es abzuholen. Und wir, hier, neben diesem Wilden.

Mac stand auf.

„Ton, wenn es Sonne gäbe, würde ich dir sagen, du hast zu viel getrunken. Was zur Hölle sagst du?

„Ich sage, wir sind verdammte Idioten.

„Und ich sage... Verdammt du Bastard, wenn du das denkst!...

Lehm lächelte.

„Ich wollte dich nur testen, Mac. Unter diesen Bärten und unter diesem dreckigen Hemd ist ein Mann.

Mac ist wieder gefallen.

„Wie, Clay? Wie können wir das machen?

"Ich weiß nicht...

Er runzelte die Stirn.

„Mac, die Indianer malen. Und alle seine Bilder haben eine Bedeutung. Wasser, Erde, Himmel, Entfernungen ... Seine Zeichnungen sind ideografisch.

"Das verstehe ich zuletzt nicht, aber sie malen.

„Sie kann es, Mac. Kann sein.

Mac drehte sich eine Zigarette.

"Ich werde es versuchen.

Er beugte sich über den Indianer und begann mit ihr zu sprechen. Langsam, einsilbig. Sie starrte ihn mit ihren Augen an, umgeben von langen schwarzen Wimpern. Welche Gedanken könnten sich unter der glatten Stirn abrollen? Clay starrte sie an. Sie hatte den perfekten Körper sehen können, der in dem Wildlederrock und der Bluse versteckt war. Die indischen Frauen sind normalerweise nicht schön, aber dies war ein gutes Beispiel für ihre Rasse.

Dann nahm sie plötzlich eine Hand aus dem Leichentuch. Mit einem steifen Finger zeigte er auf das Feuer. Dann wedelte er mit der Hand durch die Luft.

„Mac, gib ihm eine Marke", sagte Clay. Vielleicht ist es das, was Sie wollen.

Mac zeigte Indien eine langweilige Marke. Sie streckte ihm die Hand entgegen.

Er nahm es am unverbrannten Teil. Clay stand auf, hob einen glattgeschliffenen Stein auf und legte ihn neben das Mädchen.

Die Hand fiel. Sie setzte sich leicht auf, dann zeichnete sie mit flinken Fingern Linien nach.

Der Kopf fiel wieder. Die dunklen Augen sahen sie abwechselnd an.

Clay beugte sich über den Stein. Ein vertikaler Streifen und ein Halbkreis darunter, mit der Öffnung nach unten.

"Ich kapiere es nicht.

„Ich auch nicht.

Er sprach wieder mit der Inderin. Langsam, ernsthaft.

Die Hand nahm die Marke auf und zeichnete erneut.

»Ein Pferd oder ein Maultier«, sagte Clay.

Und das Zeichen wurde wiederholt. Diesmal auf die Hinterhand des Tieres gelegt.

Die beiden Männer starrten sich an. Fast eine Minute lang sprach keiner von ihnen.

„Ein Bügeleisen", sagte Mac. Ein Vieheisen.

"Ja.

"Wenn wir eines dieser Eisen sehen, wissen wir ...

Er schüttelte den Kopf.

„Nein, wir werden es nicht wissen. Alle Tiere eines Viehs werden mit einem Eisen versehen. Pferde und Rinder. Wir werden nur wissen, dass jemand, der es trägt, derjenige war, der ...

Der Regen setzte wieder ein. Die Inderin hatte die Augen geschlossen.

* * *

Zwei Tage später begannen sie den Abstieg. Die Indianerin saß rittlings auf einem der Maultiere. Sein Gesicht hatte die seltsame Farbe verloren.

KAPITEL II

Die Post.

Ein Viereck mit einem Lehmziegelzaun und einem Haus in der Mitte. Neben dem Haus die Stallungen.

Ein Bauer näherte sich ihnen und hielt ihre Zügel. Ein Mexikaner. Seine Augen sahen den Indianer einen Moment lang an.

„Lass Sally wissen.

Eine Frau und zwei Männer an der Tür. Die Frau war groß, blond, in den Dreißigern. Ihr Haar war zu einem dicken Zopf zusammengebunden. Herrenhemd und Hose mit weißen Bündchen.

Lehm war schon bei der Brunnenpumpe. Als das Wasser zu sprudeln begann, steckte er seinen Kopf darunter.

„Hallo, Sally", sagte Mac.

Hallo Karotte.

Ein breites Lächeln umspielte die Lippen der Frau.

"Lange nicht gesehen, verdammter Rotschopf.

Mac stieg aus und breitete die Arme aus. Sie schien Angst zu haben.

„Verdammt nein, du musst nach Ziege riechen! Fass mich nicht an, bevor du ein gutes Bad genommen hast.

Aber sie ging auf ihn zu und schüttelte ihm die Hand.

Dann sah er Clay an.

„Freund? Kollege?

„Beide", sagte Clay. „Mein Name ist Bester.

„Er mag Wasser?

"Ich mag.

„Komm, Karotte, du wirst müde kommen. Komm rein und ... was zum Teufel bringst du da?

»Eine kranke Inderin«, sagte Clay.

„Krank? Mac, diese Inderin ist eine Navajo.

"Es ist.

"Wo hast du es gefunden?

Clay war zwei Schritte vorwärts gegangen.

„Sie ist krank, Ma'am. Einige Unannehmlichkeiten? Ich meine, nehmen wir sie zurück?

Das Lächeln verschwand aus dem Gesicht der Frau.

„Karotte", sagte er, „wo hast du sie her?

„Hör zu, Sally, das ist ernst.

„Und das Mädchen steht dort in der Sonne", sagte Clay trocken. Ich will nur wissen, ob wir sie mitnehmen müssen.

„Karotte", sagte sie, als hätte sie ihn nicht gehört. Sagen Sie Ihrer Freundin, dass Sally Dulles keinen Hund vor ihrer Haustür lässt.

"Hör zu, Sally...

»Sie brauchen keine Mittelsmänner, Mrs. Dulles«, sagte Clay. Wir können das Mädchen überholen, oder?

"Tu es.

Clay hob die Inderin auf und trug sie hinein. Es war frisch und es roch gut. Leder, Seil und gut gekochtes Essen.

Ein riesiger Kamin in einer Front. Ein riesiger Tisch und Stühle. Beschläge hingen an Nägeln an den Wänden. Und der Kopf eines Pumas, der sie mit offenen Kiefern ansah, die Reißzähne gezogen.

„Bill, geh mit ihnen nach oben und zeig ihnen Zimmer sieben. Lassen Sie Indien dort. Übrigens, Karotte, du verdammter Gambusino, welche Krankheit hat er? Ich hoffe es ist nicht ansteckend.

„Das hoffe ich auch", sagte Clay ohne zu lächeln. Aber das glaube ich zum Glück nicht. Sie wurde gerade von jemandem vergewaltigt und auf einer Bergstraße zurückgelassen.

Die Frau drehte ihren Kopf langsam zu ihm.

„Sprechen Sie in...?

„Das bin ich. Völlig ernst, Mrs. Dulles. Das haben sie.

Sie holte tief Luft.

„Ich gehe mit dir hoch, Billy", sagte er.

Clay ließ sich auf einen Stuhl fallen.

„Mac, gib mir die Tüte Tabak", sagte er.

Er drehte sich eine Zigarette und zündete sie an.

„Clay, Sally ist eine großartige Frau. Du hättest nicht so mit ihm reden sollen.

„Es gibt Leute, die einen Indianer nicht in ihr Haus lassen würden, selbst wenn sie ihn sterben sehen würden, Mac.

"Sie tut nicht.

Clay stand auf. Er stieg die abgenutzten Holzstufen zum oberen Stockwerk hinauf und ging den Korridor entlang. Als er Zimmer sieben erreichte, betrat er es.

„Raus!", sagte Sally." Ich werde...

„Keine Sorge, Mrs. Dulles. Ich war derjenige, der sich um sie gekümmert hat, nicht derjenige, der sie vergewaltigt hat. Jetzt geht es ihm viel besser, aber nicht ganz gut.

"Wer war ...?

"Wir wissen nicht.

„Nun, geh trotzdem raus. Sie können unten etwas essen. Ich selbst werde sagen, dass sie es vorbereiten.

"Vielen Dank.

Er berührte den Kopf der Inderin. Sie nahm seine Hand und führte sie an ihre Wange.

„Sie ist stumm", sagte Clay.

Warte unten.

Als sie nach unten kam, saßen Mac und Clay bei einem Teller Eintopf und aßen.

„Karotte, verdammt, immer in Schwierigkeiten.

Er ließ sich auf einen Stuhl fallen.

„Schweine", sagte er.

„Verdammt, Sally, ich hoffe, du sagst es nicht für uns.

„Ich sage dies für die Männer im Allgemeinen und insbesondere für diejenigen, die das getan haben.

Seine Augen waren blau. Sein Gesicht, glatt; seine Hände stark und sauber.

„Sally", sagte Mac. Mein Freund ist Arzt. Er hat sich um sie gekümmert.

„Halt die Klappe, ja?

Clays Stimme war trocken und schneidend.

Sally drehte sich zu ihm um.

"Arzt? Und was bedeutet ...?

Er hörte auf. Er machte eine Geste mit dem Mund.

„Iss weiter, Doktor.

„Mein Name ist Lehm.

„Iss weiter, Clay. Magst du?

„Es ist ausgezeichnet. Sie selbst?

„Nein, mein Chinesisch. Aber ich habe es ihm beigebracht. Karotte, die, die das mit so einem Mädchen gemacht hat, ist eine ...

Sag es.

„Sie können seinen Nachnamen angeben. Mac, was hast du da oben gemacht?

„Was immer, Sally. Auf der Suche nach Gold.

„Gambusino zu Tode, oder? Warum fühlst du nicht einmal deinen Kopf?

„Ich könnte dich zum Beispiel heiraten, hm, Sally?

„Wenn du dich jeden Tag wäschst, reden wir darüber. Jetzt kommt die Bühne von Last. Ich werde einen Job haben. Wir sprechen später. Hallo, Doc...

„Ton, Sally.

„Clay, sie haben die Bar nebenan. Sie können nach dem Essen ein paar Drinks zu sich nehmen.

"Danke. Wir werden es tun.

Sie stand auf. In der Ferne ertönte das Hupen der Postkutsche.

Sally ging aus. Ton fertig und ging.

Zwei Frauen und zwei Männer traten ein. Ein Chinese kam aus der Küche und begann Teller auf den Tisch zu stellen.

Die Postkutsche stand auf dem Hof, während die Arbeiter ihr Geschirr zu lockern begannen, um den Schuss zu wechseln.

Die Bar befand sich neben dem Haus in einem Schuppen. Mac führte ihn zu ihm.

„Große Sally", sagte er. Er leitet das seit fünf Jahren. Und, verdammt, es geht ihm gut. Seit sein Vater gestorben ist.

„Ich habe es schon gesehen. Nimm ein Bad und bitte ihn, dich zu heiraten.

„Bist du verrückt? Ich bin nicht einmal gut dafür, seine Stiefel zu lecken.

„Kein Mann sollte dafür geeignet sein, obwohl manche es tun.

Sie gingen in die Bar. Es waren schon fünf oder sechs Männer drin. Hinter der Theke fragte ein Mexikaner, was sie tranken.

Zwei der Männer waren offensichtlich der Postillion und der Wächter. Er hatte sein Gewehr auf dem Tresen liegen lassen.

Ein Triangel ertönte, und Sallys Stimme verkündete, dass das Essen fertig war. Der Postillion und sein Begleiter eilten hinaus.

Sie tranken den Whisky, langsam Clay, schnell Mac. Er bestellte einen anderen.

Sally kam herein und krempelte ihre Hemdsärmel hoch.

„Gott, wie heiß.

"Ein Glas? Fragte Mac.

„Ich kann nicht mit jedem trinken. Am Ende würde ich die Türen nicht finden.

Er sah nicht Mac an, sondern Clay.

„Hör zu, Clay. Gibt es keinen Hinweis, nichts, was dich glauben lässt, wer das getan haben könnte?

„Da ist etwas, Sally", sagte Mac.

"Was?

Clay antwortete. Er tauchte seinen Finger in den Whisky und bewegte ihn auf der Holztheke.

„Das. Ein Bügeleisen.

Die drei verbliebenen Männer in der Bar hatten sich genähert.

„Ein Bügeleisen? A) Ja?, fragte Sally.

"Ja.

„Woher wissen sie das?

„Das indische Mädchen hat es so gezeichnet.

„Nun, ich kenne keine wie sie. Und ich glaube, ich kenne sie alle.

"Jeder?

„Die aus der Region, ja. Keiner von ihnen ist jedoch gleich ...

Clay sah ihr direkt in die Augen. Die junge Frau runzelte die Stirn.

"Es gibt etwas Ähnliches, aber ...

Kallus. Clay wartete einige Augenblicke.

„Noch was zu trinken?", fragte sie.

„Du wolltest etwas sagen.

„Sally, wenn du welche kennst...", sagte Mac.

"Keiner.

„Aber Sally...

„Keine. Noch ein Drink?

„Danke", sagte Clay.

Er drehte dem Tresen den Rücken zu und sah lässig aus. Die drei Männer, die sich genähert hatten, trennten sich wieder und richteten sich an sein Glas.

„Du willst es nicht?", fragte Sally.

„Nicht. Ich will nicht mehr.

Alle drei Männer tranken. Einer von ihnen legte zwei Münzen auf den Tresen und ging zur Tür.

„Auf Wiedersehen, Sally.

Die anderen beiden folgten ihm. Sally, Clay und Mac wurden allein gelassen.

„Sally", sagte Mac.

„Siehst du nicht, dass er nicht reden will? fragte Ton. Frag ihn nicht.

„Richtig", sagte Sally plötzlich. Er nahm ein Glas, füllte es mit Whisky und trank es in einem Zug aus.

„Wir werden auf das Mädchen aufpassen, Jungs. Aber es ist auf jeden Fall besser, sie bald hier rauszuholen. Diese...

„Stört es dich, dass ich hier bin? "Ton sagte." Ich kann deinen Aufenthalt bezahlen.

„Es stört mich nicht, und ich berechne nichts, wenn ich jemandem helfe, der es braucht. Aber hier stimmt es nicht. Es gibt keine Bedingungen. Andererseits...

"Was?

„Jemand sollte sie ihren Rassenbrüdern zurückgeben.

„Wir zum Beispiel, richtig?

Clays Stimme war trocken und schneidend. Kein Wort mehr als nötig.

„Ihr habt sie mitgebracht, Jungs.

„Und jemand... hat sie misshandelt, Mädchen.

Sally schloss den Mund. Dann wandte er sich plötzlich an den Rotschopf:

„Mac. Du warst schon einmal hier.

„Ja. Nun, Sally, was ist los?

„Es gibt Dinge, die man besser nicht anfassen sollte.

„Sally, ich verstehe dich nicht... oder du erklärst dich nicht.

„Ich kann nicht mehr reden.

Clay hatte die ganze Zeit dem Tresen den Rücken zugekehrt, da sie allein waren. Jetzt wandte er sich plötzlich Mac zu.

„Ist dir nicht klar, dass sie Angst hat, wenn sie nicht spricht? Und soll ich dir sagen, was sie erschreckt hat?

"Nur" sagte der Rotschopf. Ich glaube fast, ich brauche es nicht.

„In diesem Fall verlasse sie um Gottes willen. Lass ihn seine Zunge essen. Und was für ein guter Gewinn Sie machen.

„Du...", sagte Sally.

"Ja,Mädchen?

„Du weißt nicht einmal, wovon du redest.

"Und du weißt es?

"Mac kann Ihnen sagen, dass ...

„Mac wird mir sagen, was er will, aber wenn wir allein sind. Und mach dir keine Sorgen. Wir holen das Mädchen hier raus und bringen sie weg. Aber Sie können sicher sein, dass, wenn wir jemals auf den Hurensohn treffen, der die schmutzige Arbeit gemacht hat, er es nicht wiederholen will. Wer auch immer.

Er wirbelte herum und sah die Frau an. Ihr Gesicht war rot geworden.

„Ich erlaube niemandem, so mit mir zu sprechen.

"Nicht? Nun, ich tue es. Er muss uns nur sagen, dass wir diese dreckige Inderin aus ihrem Haus holen, nichts weiter, als es mit allen Worten zu sagen. Na dann werden wir es tun.

Die Hand der Frau schoss in die Luft und schlug Clay ins Gesicht.

Er packte ihr Handgelenk und drückte.

"Lass mich los!

Clay, die Lippen geschürzt, das Gesicht fast weiß, drückte weiter. Dann senkte sie nach und nach Sallys Hand. Sie beugte die Knie und zuckte zusammen.

Clay ließ sie frei.

„Mach es nicht wieder, Mädchen.

Sie lehnte sich gegen die Theke.

„Jeder Mann würde ihn dafür töten, Clay.

„Es ist möglich. Und jede Frau würde sich schämen, einer anderen nicht zu helfen, der so etwas passiert ist. Gehen wir, Mac. Das ist scheiße.

Er ging zur Tür. Macs Gesicht war rot.

„Hör zu, Clay, so etwas kannst du nicht tun.

„Ich habe es geschafft, Mac. Aber wenn es dir nicht gefällt... ich sage dir eins: Ich wollte zum ersten Mal in meinem Leben eine Frau schlagen. Und ich habe sie ertragen. Reicht es für dich?

Er hatte die Tür erreicht.

„Ich gehe für das Mädchen", sagte er. Komm mit mir, wenn du willst, Mac. Wenn nicht, gehe ich alleine los.

Er ging zur Post. Als er das Zimmer betrat, war der Tisch von den Postkutschenreisenden besetzt, sie sahen zu ihm auf.

Er erreichte die Leiter und begann sie hochzuklettern. Das Gewicht der Blicke auf seinem Rücken spüren. Er öffnete die Tür zu Zimmer sieben.

Die Inderin schlief friedlich, ihr schwarzes Haar lag auf dem Kissen. Er starrte sie an, und sein angespanntes Gesicht wurde weicher. So sah sie im Schlaf aus wie ein Kind.

Er spürte Schritte und drehte sich um. Sally und Mac kamen an.

„Ich werde warten, bis er aufwacht", sagte Clay. Verdammt, er brauchte es.

"Clay, du liegst falsch", sagte Mac.

„Denkst du? Über dich?

„In Bezug auf beide, Höllen. Sally gehört nicht dazu. Ich weiß.

„Warum lässt du sie nicht für sich selbst sprechen, Mac? Er hat einen Mund und ist volljährig.

Sally schloss die Tür hinter sich.

„Mac, erzähl es ihm. Sag ihm, was ich dir gesagt habe.

„Clay", schluckte der Rotschopf", lass mich dir etwas sagen.

„Nun, sag es mit einem Teufel.

„Clay, erinnerst du dich an die drei Männer in der Bar?

„Ich habe sie wie dich gesehen.

„Du weißt nicht, wer sie waren.

"Nein, und ich gebe kein ...

„Clay, warte. Sie sind Lot Amazees Männer.

Clay sah ihn an.

„Sprich leise. Das Mädchen braucht Schlaf.

„Du weißt nicht, wer Amazee ist. LA, nennen sie es. Und es macht was es will.

„Was zum Teufel hat das mit dir und mir zu tun?

„Er sagt, was zu tun ist. Und seine Männer sorgen dafür, dass es so ist.

„Ich bin immer noch blind, Mac.

„Lass mich, Mac.

Sally trat zwei Schritte vor.

„Hör zu, Mann. Es gibt kein Eisen wie das, von dem du sagst, der Indianer habe es gezeichnet.

Clay starrte sie an.

„Ein Bügeleisen kann mit der Zeit gelöscht werden oder eine Person kann es falsch interpretieren. Aber es ist fast sicher, dass das, was das Mädchen sah, nichts anderes sein kann als das von Amazee.

Ton holte tief Luft.

„Nun, in diesem Fall war einer der Männer aus diesem Amazee derjenige, der die schmutzige Arbeit erledigt hat.

Mac sah Sally an. Sie schluckte.

„Du verstehst es noch nicht. Es gibt mehrere Jungs auf der Amazee-Ranch, die dazu in der Lage sind.

„In diesem Fall könnten es mehrere gewesen sein. Es gibt keinen Unterschied außer der Menge zwischen einer Schweineherde und einem einzelnen Schwein.

„Das gibt es. Lassen Sie mich sprechen. Es gibt mehrere, ja, aber es gibt vor allem einen, der es bedenkenlos tun würde. Denn es ist bekannt, dass er es schon andere Male getan hat.

„Verstehst du es nicht, Clay? Er ist Amazees eigener Sohn, Tob Amazee.

„Wenn Frauen mit kleinen Töchtern wissen, dass Tobias Amazee in der Nähe ist, verstecken sie sie in der Höhle", sagt Sally. Das heißt, wenn sie rechtzeitig ankommen, bevor Tob sie gesehen hat.

Ton sagte:

Gib mir etwas Tabak, Mac.

Mac reichte ihm die Tasche und reichte ihm das Papier. Clay rollte es langsam auf.

Er nahm den ersten Sauger.

„So einfach so?

Sally hatte die Hände in den Hosentaschen.

„Oh, manchmal ist es nicht einfach. Die Mädchen haben Eltern und Brüder. Aber dann weiß Tob auch, wie man Dinge macht.

„Kannst du seine Füße nicht aufhalten?

"Sie versuchen. Es gibt mehrere Kreuze auf einem Friedhof, um dies zu beweisen.

„Verstehe. Und niemand hat so sehr versucht, ihn zu töten.

„Es ist nicht einfach, Tob Amazee zu töten. Nein, wenn die Männer seines Vaters ihn umzingeln.

„Und sein Vater hält ihn nicht auf?

Sally lächelte knapp.

„Er geht nicht darauf ein. Er züchtet einfach Vieh. Der Rest interessiert ihn nicht. Es gibt diejenigen, die sagen, sie hätten ihn einmal gerügt: «Junge, weniger Schwung. Wir waren alle jung, aber übertreiben Sie es nicht. "Aber wenn jemand "oh, jemand hat es mal probiert" ihn "richtig" um die Hüfte legen will, zeigt der alte Lot die Zähne. «Wer den Welpen anfasst, misst zuerst. Es wird nicht sein, dass die Kiste klein ist zu ihm." Das ist Lot Amazee und das ist sein Sohn Tob. Und das ist die Geschichte.

Clay hatte die Mitte seiner Zigarette erreicht. Er warf es in eine Ecke.

„Und diese Typen waren von Lots Ranch.

"Das sind sie. Und wenn ich vor ihnen über das Kreuz und den Kreis gesprochen hätte ...

„Was wäre mit ihm passiert, Sally?

„Ich weiß es nicht. Ich möchte nicht darüber nachdenken.

Clay sah sie an. Es war ein vertikaler Blick nach oben und unten, von blonden Haaren bis hin zu Stiefeln.

„Wo versteckst du dich, als Tob Amazee ankommt, Sally?

Eine rosa Farbe, die am Ausschnitt begann, den das Hemd enthüllte, arbeitete sich bis zur Stirn der Frau hoch. Es schien, als sei das Licht des Sonnenuntergangs durch das Fenster hereingekommen.

„Ton", sagte Mac.

„Lassen Sie mich nie ‚sie' antworten?

„Ja, Mac, du hast recht. Lassen Sie mich antworten. Ich verstecke mich nirgendwo, Clay. Ich will nicht mehr über mich reden. Nicht mehr.

Die letzten Worte waren durch zusammengebissene Zähne gesprochen worden und kamen wie ein Zischen heraus.

Und " fügte er nach einem Moment hinzu ", jetzt weiß man fast alles.

"Fast Ja.

„Und du weißt, warum dieses Mädchen hier nicht weitermachen kann.

„Hat sich Tob Amazee jemals Sorgen um die Beweise seiner Schurken gemacht?

„Soweit ich weiß, ja.

„Was sagt der Sheriff?

„Ja, zu allem, was Lot will. Nein, was Lot nicht will. Dann gibt es einen Sheriff. Es gibt nicht immer.

Er wandte sich an Mac.

„Carrot, erzähl ihm, was mit Lowrie Bliss passiert ist. Du warst hier. Ich erinnere mich. Du hattest ein Maultier verloren und suchst nach einem anderen.

»Klar, Sally. Lowrie hat Tob auf der Ranch gesucht. Tob hatte einen Jungen getötet ...

„Busty C. Er wurde in einem legalen Duell getötet. So legal, dass zwei von Tobs Männern Busty festhielten, während Tob fünf Kugeln in seinen Körper schoss. Alles völlig "legal".

„Fünf Kugeln? Warum nicht um sechs, wenn wir das tun werden?

»Warte eine Weile. Lowrie hat ihn gesucht. Es hatte zwei Zeugen gegeben, die ihm genau erzählten, wie die Dinge passierten. Er sprach mit dem alten Lot Amazee, und er weigerte sich, es zu glauben. Sein Sohn konnte so etwas nicht getan haben. Er rief ihn an...

Er stoppte. Seine Brust hob sich. In seinen Augen lag ein seltsamer Ausdruck.

Lowrie war ein guter Sheriff. Jung und stark. Er wusste, wie man mit Revolvern umgeht, und war gegen den Rat des Bürgermeisters von Lasts Kaufleuten ernannt worden ...

Clay kniff die Augen zusammen.

„Kannten Sie Lowrie?

Sie hat den Mund geschlossen. Langsam führte er seine Hand an seine Kehle.

"Ich kannte ihn. Das ist genug. Als Lowrie sagte, er habe Beweise, rief Lot Amazee seinen Sohn an. Tob lachte. „Stellen Sie sie vor", sagte er.

„Wer hat dir das erzählt, Sally?

„Es reicht schon, Clay", sagte Mac leise. Das ist genug. Ist das, was sie sagt, dir nicht genug?

"Er möchte wissen. Warum nicht? Lowrie konnte die Beweise nicht vorlegen. Als er es tun wollte, tötete ihn jemand. Ein paar Viehdiebe, sagte er sich, und alle mussten es glauben. Aber Tob... Tob... sagte, er sei von einer sechsten Kugel getötet worden. Er sagte, es sei eines Abends in der Bar getrunken.

Er stoppte.

Und dann, ohne jede Intonation, als würde er es rezitieren:

Die sechste Kugel ging ihm von hinten durchs Herz. Und damit endete Lowrie. Auf dem letzten Friedhof befindet sich ein Kreuz. Und es ist alles, was von ihm geblieben ist.

Ton holte tief Luft. Dann streckte er plötzlich seine Hand aus.

„Sally, habe ich dich schon mal verletzt? Wenn ja, tut es mir leid.

KAPITEL III

Eine Öllaterne beleuchtete die Tür des Postens. Außerhalb der Mauern erstreckte sich die Wiese bis zum Horizont, übersät mit Salbei.

Sally trat aus der Tür und blickte in den Himmel.

"Es wird bald ein Sturm geben", sagte er.

Mac neben ihr holte tief Luft.

„Ich mag es nicht", sagte er.

"Was?

"Ich weiß nicht.

Sie zischte schrill und führte zwei Finger zu ihrem Mund. Ein Bauer tauchte am Tor des Stalls auf.

„Ja, gnädige Frau!

„Sind die letzten Schüsse fertig?

„Ja, gnädige Frau.

"Geh schlafen.

Mac holte den Tabakbeutel heraus und begann, die Zigarette zu drehen.

"Du hast gesehen?

„Zum Doc?

„Er mag es nicht, so genannt zu werden. Er mag es einfach nicht.

„Woher kannten Sie ihn?

"In Tucson. Er hat getrunken, ich habe getrunken, und wir haben zusammen getrunken. Als wir morgens aufwachten, sagte er mir, dass einige Männer wussten, dass an bestimmten Stellen neben Gelb auch Gold wächst Und ich verstand, dass er zu viel getrunken und etwas gesagt hatte.

„So was?

„Das habe ich mich gefragt. Also habe ich ihm gesagt, dass ...

„Dass du wusstest, wo Gold war.

„Verdammt ja. Aber er schien nicht interessiert zu sein. Als wir uns verabschiedeten, kam ein Typ dazwischen. Auch er hatte etwas gehört. Weißt du, Sally, ein Mann muss manchmal die Bremse loslassen Metal, allein, in den Bergen, in den Tälern, und plötzlich verspürst du das Bedürfnis zu reden. Dieser Typ kam in die Quere und sagte, wir könnten Partys gehen. Ich weigerte mich, überhaupt auf ihn zu hören. Und dann war er bewaffnet. Dieser Mann war mit zwei Freunden zusammen, und alle drei haben mich in die Enge getrieben. Sie wollten mich zum Trinken bringen, um meine Zunge zu lockern. Ich habe einen geschlagen und sie sind auf mich gefallen. Und dann hat er mir geholfen. Details spielen keine Rolle, Sally. Tatsache ist, dass zwei von ihnen wurden verletzt.

Er stoppte.

„Nun, Sally, und seitdem sind wir zusammen.

„Stimmt es, dass er Arzt ist?

„Sally, ich habe gesehen, wie du dieses indische Mädchen geheilt hast, und ich habe dich gefragt. Er hat es mir gestanden. Aber er will nicht darüber gesprochen werden.

"Warum?

„Ich weiß es nicht einmal. Und was macht ein Arzt hier an diesen Orten mit mir auf der Suche nach Gold? Ich weiß nicht, Sally, das war's. Und er will nicht darüber reden.

Er schnupperte die Luft und schüttelte den Kopf.

„Ich mag es nicht", wiederholte er.

„Was magst du nicht, Mac?

„Ich weiß es nicht, Sally. Aber etwas mag ich nicht. Ich bin ein alter Hund auf dem Land, und etwas an diesem Abend mag ich nicht so sehr.

"Es wird cool", sagte die Frau. Wir gehen besser hinein. Morgen um sieben kommt die Postkutsche aus Thule und du musst bereit sein.

Sie erreichte die Schwelle der Tür und wollte gerade das Haus betreten, als Mac sie aufhielt.

„Bemerkst du es nicht?", frage ich.

„Ich merke nichts.

„Verdammt, vielleicht werde ich alt, Sally. Nun, lass uns hineingehen.

Er drehte sich um und dann sah Sally.

Zuerst dachte er, es sei eine optische Täuschung. Es war ihm vorgekommen, als hätte sich im großen Bühnenhof des Postens etwas bewegt.

Er blieb stehen und war sich bewusst, dass man im Dunkeln nicht starren sollte, sondern auf eine Seite der Linse blickte er weg. Und dann gab es nicht mehr den geringsten Zweifel.

Im Hof bewegte sich etwas. Und es war nicht nur eine Sache, sondern wahrscheinlich zwei.

„Mac", sagte er leise.

"Was ist los?

„Du hattest recht. Hast du die Waffe dabei?

„Übrigens, Sally, aber... zur Hölle, glaube ich...

Die beiden Gestalten waren an seiner Seite wie eine Kondensation aus den Schatten aufgetaucht.

Sally spürte, wie eine brutale Hand ihren Mund bedeckte, während eine andere ihren Arm packte, sie herumwirbelte und ins Haus zog.

Das alles in zwei Sekunden. Sie hörte Macs Keuchen und konnte immer noch sehen, dass es nicht mehr zwei Schatten waren, sondern vier oder fünf, die auf den Mann zustürmten.

Und dann stolperte er und fiel zu Boden. Ein Fuß kam ihm an die Kehle.

Die Tür schließt sich plötzlich.

Das Feuer im Kamin erlaubte ihm, hinzusehen, obwohl er sich auf den Rücken geschlagen hatte.

In der großen Halle des Postens standen nicht weniger als fünf große, halbnackte Männer. Sie trugen Äxte und Gewehre in den Händen, und die Flammen des Feuers tanzten auf ihren roten Gesichtern.

Indianer.

Indianer bei der Post, gemalte und bewaffnete Indianer. Sally schloss die Augen.

Mac wurde von drei der Indianer festgehalten, während zwei andere fast schweigend auf die Treppe zugingen. Dies schien ein Albtraum zu sein.

Er hörte, wie Mac etwas spuckte, und einer der Indianer antwortete ihm.

Und in diesem Moment blieben die beiden Indianer, die ins Obergeschoss aufzusteigen begannen, stehen. Oben auf der Treppe war jemand aufgetaucht.

Die Hand vor ihrem Mund stank fürchterlich und Sally würgte. Trotzdem konnte er sehen, dass derjenige, der heraufgekommen war, Clay war. Und er hatte etwas in der Hand.

Dann ließen sie sie frei, und sie ging auf die Knie. Das Gewicht, das er auf seinem Körper getragen hatte, verschwand.

Die Flammen fingen an einem halb verbrauchten Baumstamm und die Szene wurde besser beleuchtet.

Neben ihr war ein dunkles Gesicht und eine Hand, die eine Axt hob. Sie erkannte, dass sie ruhig bleiben sollte und sie tat es, verdrehte aber ihre Augen in Richtung der Treppe.

„Ton", sagte Macs Stimme.

„Der erste, der sich bewegt, werde ich töten", sagte Clay. Sag es ihm, Mac, wenn du kannst.

Er hatte mit ruhiger, aber angespannter Stimme gesprochen.

Sally sah, wie das Gewehr in Clays Händen eine langsame Kurve machte und eine Gruppe Indianer abdeckte. Mac sprach mit gebrochener Stimme, und einer der Indianer antwortete ihm.

„Sie wollen uns nicht töten, Clay", sagte Mac und ging auf die Leiter zu.

„Sie wollen nur das Mädchen.

„Also das? Sag ihnen, sie sollen dich freilassen.

Die beiden Indianer, die Mac festhielten, ließen ihn los, aber einer von ihnen hielt den Revolver des Gambusinos in der Hand.

„Siehst du es? Nicht schießen, Clay.

„Ich werde es nicht tun, wenn sie nicht wieder versuchen, dich zu fangen. Sag dem Kerl, er soll von Sally weg, er soll sich mit den anderen treffen.

Sally stand auf und ging zur Treppe.

Und für einen Moment herrschte Stille im großen Saal.

Mac sprach zuerst:

»Sie sind vom Stamm der Mädchen, Clay. Sie sind hierher gekommen, um danach zu suchen.

Sag ihnen, dass sie krank ist. Sie können sie jetzt nicht mitnehmen.

„Gib es ihm“, mischte sich Sally ein, immer noch keuchend.

„Es sei denn, sie sehen sie.

Mac wandte sich an einen der Indianer, einen großen Mann, der älter zu sein schien als die anderen. Einen Moment lang sprach er gebrochen mit ihnen. Der Indianer machte ein paar Laute und antwortete dann:

„Er sagt, er sei sein Vater. Sie sind hier unseren Spuren gefolgt. Dass wir es ihm zurückgeben müssen.

Clay hat sich entschieden. Immer mit dem Gewehr in der Hand sagte er:

„Sag ihr, sie soll heraufkommen, um sie zu sehen. Sind sie für den Krieg gemalt, Mac?

„Nein, das glaube ich zumindest nicht. Sie sind nicht die Farben des Krieges, wie ich es verstehe.

„Komm herauf. Und du auch. Nein, Mac, du bleibst bei ihnen, aber beim geringsten Anzeichen von Gefahr schrei.

»Ich glaube nicht, Clay.

Der Indianer kletterte die Leiter hinauf und ging an Clay vorbei. Er folgte ihm und stützte das Gewehr auf seine Nieren. Schließlich Sally.

Die Inderin war erwacht. Als er seinen Landsmann sah, weiteten sich seine Augen.

Der Indianer näherte sich ihr. Dann legte er seine Hand auf ihren Kopf.

Er wandte sich an Clay.

„Krank...? Medizin?

Ton nickte.

"Sprich Englisch?

"Medizin?

„Ja. Ich, Medizin.

Das Mädchen fing an, mit den Händen in der Luft zu winken. Der Indianer sah sie aufmerksam an. Als er Clay sein Gesicht zuwandte, wirkte er teilnahmslos. Dann sagte er ein paar Worte.

„Das sollte Mac sein", sagte Clay. Die beiden reden. Sie verstehen sich.

"Ich kann sehen, dass.

Die Inderin wedelte immer wieder in schnellen Gesten mit den Händen. Er zeigte auf Clay und Sally.

Dann endlich sagte der Indianer hough und wandte sich an Clay.

„Du... Medizin?

Und er zeigte auf die junge Frau. Ton nickte.

Der Indianer legte dem Mädchen wieder die Hand auf den Kopf und ging dann zur Tür.

Clay und Sally folgten ihm.

Als der Indianer das Zimmer erreichte, sprach er die anderen an, breitete die Arme aus und begann zu sprechen. Mehrmals trat er mit seinen Mokassinfüßen auf den Boden. Die anderen folgten ihm und knurrten. Mac wandte sich an Clay.

„Sie erklärt ihnen, dass wir sie nach dem, was mit einem weißen Mann passiert ist, abgeholt haben.

„Wer? fragte Clay schnell. Lass sie es dir sagen. Wer?

„Weiß nicht. Er kannte ihn nicht, aber er sah das Pferd und das Eisen. Aber er hat einige Worte gesprochen, die ich nicht kenne.

Schnell, Mac, frag den alten Mann. Sagen Sie ihm, wir wollen wissen, wer es getan hat.

„Clay, diese Dinger sehen zwischen ihnen nicht genau gleich aus. Sie ist die Tochter des alten Mannes. Du wirst sehen...

„Erklär es mir jetzt nicht. Frag ihn, wer es war.

Mac sprach mit dem alten Mann. Er schüttelte den Kopf.

„Er will es nicht sagen. Oder weiß es nicht. Es gibt keine Möglichkeit, Clay.

Er hielt inne und hörte dem alten Mann zu.

„Aber er bedankt sich bei uns.

Der alte Mann ging zwei Schritte auf Clay zu und legte ihm eine Hand auf die Schulter.

„Du... Medizinhexe. Ich, Freund.

„Du bist sein Freund, Clay.

„Um Gottes Willen werden wir die Komödien stoppen. Wer war derjenige, der es getan hat?

„Du bist stur dabei", sagte Sally plötzlich. „Mac, frag ihn, ob er jung, dunkel, blond war... Sally, wie ist dieser Typ, Amazees Sohn?

"Blond.

Komm schon, Mac.

Der Indianer schüttelte den Kopf. Sagte etwas.

Mac nickte.

„Gelbes Haar", sagte er.

"Es gibt mehr Blondinen im Amazee-Team", sagte Sally.

„Es ist sowieso ein Hinweis.

Der Indianer hob beim Sprechen zwei Finger in die Luft. "Er sagt, Mac hat klargestellt", dass sie in zwei Tagen zurückkehren werden, um das Mädchen abzuholen. Wenn es mir besser geht Und sie werden es wegnehmen.

"Nichts mehr?

"Nicht.

Die Indianer waren zur Tür gegangen und der alte Mann öffnete sie. Er drehte sich um und wedelte mit der Hand. Dann sind sie verschwunden.

"Uff", sagte Sally. Ich hatte mehr Angst als in meinem ganzen Leben. Und wie dieser Wilde roch.

„Mac, was zum Teufel meinst du damit, dass sie die Sache aus einem anderen Blickwinkel sehen?

„Das, Clay. Für sie stellt es nicht dasselbe dar. Aber sie wollen Rache, weil... Es ist etwas Kompliziertes.

"Wie dem auch sei, Tatsache ist, dass sie weg sind", sagte Sally. Und ich möchte nicht, dass sie wieder auftauchen, als wären sie aus der Erde gekommen.

Er holte eine Flasche Whisky heraus und füllte drei Gläser.

„Ich denke, wir haben es verdient.

Getrunken. Die Farben kehrten in sein Gesicht zurück.

„Sie hätten sie mitnehmen sollen.

"Kann sein.

Clay trank stark. Das Glas wurde wieder gefüllt. Er hielt es gegen das Licht und leerte es.

"Vielleicht ja.

Er wandte sich an Mac.

„Mac, hör zu, ich werde morgen mit dem Typen reden. Oder mit seinem Vater. Du kannst kommen, wenn du willst.

Bist du verrückt? fragte Sally und knallte das Glas auf den Tisch. Haben Sie nicht verstanden, was wir zuvor erklärt haben?

„Alles. Ich bin nicht blöd. Aber eins sage ich dir auch: Ich werde die Sache nicht so belassen, verstanden?

„Wahnsinnig. Du bist komplett verrückt. Und von nun an sage ich dir, dass ich nicht in diese Angelegenheit eingehen möchte.

„Niemand hat gefragt. Pass einfach auf das Mädchen auf. Okay, Mac!

„Ton, ich komme mit.

Er runzelte die Stirn rot.

„Ich mag es nicht, aber ich werde dich nicht allein lassen. Vielleicht hörst du dir Gründe an, wenn ich bei dir bin.

„Hast du Angst, Mac?

„Nein, Clay. Ich habe es nicht. Und ich habe dir bereits gesagt, dass wir zusammen sind. Ich habe meine Meinung nicht geändert. Wer auch immer das getan hat, ist ein verdammter Schurke. Aber Amazee hat viel Macht. Und er wird sie nutzen. Da können Sie sich sicher sein.

„Danke, Mac.

„Trink noch was", sagte Sally. Und hoffentlich ist es nicht einer der letzten, die getrunken werden.

„Wir werden versuchen, es nicht zu tun.

„Ein Inder ist kein Weißer, und Tob hat viel... mit Weiß gemacht.

„Eine Frau ist eine Frau, hier und anderswo. Und ich interessiere mich nicht für die Farbe ihrer Haare oder ihrer Haut.

„Nun, die Welt ist voller Verrückter.

Er schloss die Augen.

„Ich gehe schlafen, aber zuerst sage ich den Peons, sie sollen die Türen gut verriegeln. Diese Indianer werden in der Nähe sein.

„Nein, Sally. Sie haben einen Mann mit blonden Haaren gesucht und wissen etwas über ihn.

„Was, Mac?

„Dass er einen sonnenfarbenen Schal um den Hals trug. Gelb, Clay. Der Indianer hat es ihm erzählt.

Clay ballte die Fäuste.

„Gott, ich würde alles geben, um ohne Vermittler mit ihr sprechen zu können. Alles, Mac. Jemand. Sally stand schon vor der Tür.

„Ich hoffe, niemand erschießt mich aus heiterem Himmel. Ich werde die Peons warnen.

„Ich gehe mit dir", sagte Clay.

„Nun, danke, Mann. Ich möchte, dass sich jemand mit so viel Hingabe um mich kümmert, wie Sie es mit diesem Mädchen zeigen.

KAPITEL IV

Die Hauptstraße von Last schien tot in der Sonne. Nur ein paar Männer, die in der Tür von General Story standen und mit leiser Stimme redeten.

Clay und Mac blieben vor ihnen stehen. Die Mittagssonne sank unerbittlich über die Straße. Irgendwo war eine Gitarre zu hören.

„Mac Mannister", sagte einer von ihnen und hob die Hutkrempe. Wieder zurück, alter Hooligan?

"Nochmal.

„An deinen Kleidern würde man sagen, dass du kein Gold gefunden hast. Zumindest nicht viel.

„Wo ist der Sheriff? Fragte Mac.

„Da drüben, wie immer. Hast du dir das Polizeirevier angeschaut?

„Ja. Niemand.

Der Mann zuckte die Achseln.

„Komm rein und trink was. Wer ist dein Freund, Mac?

„Ein Freund. Wir werden das Getränk später trinken.

Clay hatte seinem Pferd die Sporen gegeben. Mac gesellte sich zu ihm.

„Wo ist die Ranch, Mac?

„Fünf Meilen südlich. Hör zu, Clay, werden wir da reinkommen, sicher?

„Wir gehen. Ich suche einen Job. Und du auch, Mac.

„Niemand wird es glauben, Clay.

„Es ist möglich. Aber lasst uns danach suchen... dort.

Als sie die Stadt verließen, rückte eine Gruppe von Reitern in die entgegengesetzte Richtung vor. Es waren fünf oder sechs, und sie ritten in einem langen Trab. Sie gingen an ihr vorbei, ohne anzuhalten.

„Hast du den vorderen gesehen, Clay?

"Ja.

„Nun, entweder liege ich falsch oder das ist Tob Amazee.

Ton drehte sich um.

"Bereits.

Er sprach nicht mehr, bis sie die Abzweigung erreichten. Ein rot gestrichener Pfosten mit einem Bukranium, an dem ein Schild hing, markierte die Grenze der Ranch. Das Schild hatte ein in einem Kreis montiertes Kreuz. Und darunter stand Amazee Ranch.

Die Straße schlängelte sich durch die Wiese. Hunderte von Kühen und Bullen bewegten sich friedlich und grasten. Ein Stück weiter trieb eine Gruppe Cowboys zu Pferd einen Viehstall in die Enge. Als er die beiden Gefährten sah, ragte einer von ihnen aus der Gruppe heraus und galoppierte über das hohe Gras.

Mac hat aufgehört.

Der Cowboy kam auf sie zu und zog an den Zügeln.

„Ja?", frage ich.

"Ja", antwortete Mac. Wir suchen den Meister.

„Es ist im Haus. Also das?

„Wir suchen Arbeit.

Der Cowboy hob die Hutkrempe und lächelte.

„Ich glaube, ihr seid falsch. Es gibt keine Arbeit auf der Ranch.

„Sind Sie der Vorarbeiter? fragte Ton.

„Der Assistent des Vorarbeiters.

„In diesem Fall sprechen wir mit dem Meister, wenn es Ihnen nichts ausmacht.

„Tu es, wenn er will. Alles vorwärts.

Das Haus war weiß gestrichen und hatte rote spanische Fliesen. Es bestand aus mehreren Gebäuden und zwischen ihnen bildeten sie eine Art einseitig offenes Quadrat. In der Mitte des Raumes zwischen den Gebäuden stand ein weiterer Pfosten, der den am Straßeneingang gesehenen wiederholte.

Mitten im Hof warteten zwei Männer zu Fuß. Mac hielt das Pferd neben ihnen an.

„Guten Morgen", sagte er. Meister?

Der Mann deutete mit dem Daumen auf das Haus.

„Da drin. Aber zuerst müssen sie mir sagen, was sie wollen. Es ist viel los.

„Wir wollen Arbeit.

„Gibt es nicht. Es ist nicht Zeit.

Sein Ton schien die Diskussion zu beenden.

Clay beugte sich über den Hals seines Pferdes.

„Wir wollen mit Mr. Amazee sprechen.

„Wenn es nur für die Arbeit war, ist es nutzlos, sage ich ihnen. Sie können sich drehen.

„Wir wollen", Clays Stimme war beleidigend geduldig, „mit Mr. Amazee zu sprechen.

Der Mann sah sie an und schloss die Augen, bis sie zu zwei Schlitzen wurden.

"Ja? Nun, probiert es aus. Macht weiter, Jungs.

Clay schleuderte sein Pferd auf das Haus zu und hielt ihn auf der Veranda an. Ein mit einem Gewehr bewaffneter Mann, der auf einem Stuhl saß, sah sie an. Die Spitze der Waffe war wie zufällig auf den Arzt gerichtet.

"Ja?

„Wir wollen mit Mr. Amazee sprechen.

„Er empfängt niemanden. Sie erhalten einfach nicht.

Ton blies langsam die Luft aus.

Dann erhob er plötzlich seine Stimme.

„Herr Amazee!

Der Mann mit dem Gewehr stand auf.

„Wo denkt er, dass er ist?", frage ich. In der Mitte des Blocks, woher kam es? Verschwinde hier sofort!

Ton abmontiert. Das Gewehr war immer noch auf ihn gerichtet.

„Hast du mich nicht gehört?

Clay machte zwei Schritte auf die Verandastufen zu.

"Jetzt hat es...

Die Tür öffnete sich. Eine große Gestalt erschien in der Tür.

„Was zum Teufel ist hier los! Verdammt, ihr Hurensöhne, was ist los?

Der Mann mit dem Gewehr drehte sich um.

„Diese Typen wollen mit Ihnen reden, Sir.

„Die? Wer sind sie?

Der Mann, der gerade erschienen war, hatte eisengraues Haar, ein rotes Gesicht, breite Schultern und einen nach vorn gerichteten Bauch. Er machte einen außergewöhnlichen Eindruck von Stärke, aber vor allem von Energie.

„Was willst du? Lass uns reden.

Clay stand auf den Stufen.

„Herr Amazee?", frage ich.

Die Frage war völlig nutzlos, aber er stellte sie, wohl wissend, dass sie ihm ein wenig Zeit verschaffte.

„Sil! Aber das ist dir egal. Wer bist du?

"Ich suche Arbeit.

„Keine Arbeit. Haben dir diese Nutzlosen das nicht gesagt?

„Ja, aber ich wollte von dir hören.

Die Augen des Musters waren dunkelgrau. Sie beobachteten Clay auch unter dicken grauen Augenbrauen.

„Ach ja? Nun, dreh dich gleich dort um, wo du herkommst und mach dir mit tausend Paar inkarnierter Höllen keine Mühe mehr!

Clays Stimme war im Gegensatz zum Donner dieser dröhnenden Stimme fast beleidigend ruhig.

„Hören Sie, Mr. Amazee, haben Sie in letzter Zeit einen Arzt aufgesucht?

„Ein Arzt? Was zum Teufel meinst du? Verschwinde sofort hier.

„Ist dir in letzter Zeit nicht schwindelig? Kein Klingeln in den Ohren?

„Du bist verrückt. Buck, schmeiß sie sofort raus.

Der Mann mit dem Gewehr hob dieses.

„Raus hier. Ich zähle bis zwei und dann ...

„Warte, verdammt! Was meinst du mit Schwindel?

„Hast du sie gespürt?

„In meinem Leben, aber was meinst du?

"Nichts in diesem Fall. Wenn nicht, müssen Sie sich keine Sorgen machen. Wenn Sie sie gespürt haben, haben Sie es einem Arzt gesagt?

Er drehte sich um und ging auf Mac zu, der immer noch zu Pferd saß.

Komm schon, Mac.

Er ging zu seinem.

„Bleib ruhig da!

Es war so etwas wie ein Schleudertrauma gewesen. Ton drehte sich um.

„Ja, Herr Amazee?

"Herkommen.

„Du hast gesagt, du sollst raus. Und sie unterstützen ihn mit einem Gewehr. Wir gehen.

„Du gehst nicht. Buck, halte sie davon ab zu gehen.

„Ihr habt den Boss gehört, Jungs.

Stille legte sich über die von der Sonne bewässerte Terrasse.

"Herr. Amazee, wir sind nicht bereit, Zeit zu verschwenden.

„Hier verschwendet die Person, die ihn geschickt hat, seine Zeit und wer auch immer ihn geschickt hat, um es so zu tun, funktioniert. Herkommen.

„Du hast es gehört, Junge.

Clay stieg ab und schaffte es auf die Veranda.

„Das passiert hier drin. Buck, bleib an der Tür und lass das nicht gehen.

„Hören, Herr.

Amazee drehte sich um und ging auf die Ranch. Ton drehte sich um.

„Mein Partner kommt mit.

„Dein…? Es ist okay. Komm.

Mac demontiert. Er trat hinter sie ein.

Es gab einen riesigen Raum, der mit Trophäen aller Art geschmückt war, vom riesigen Kopf eines langhörnigen Stiers bis zum Fell eines Bären, dessen riesiges Maul geöffnet war, um seine gelben Zähne zu zeigen.

An den kalkweiß getünchten Wänden wechselten sich die Torsos von Antilopen, Luchsen, Wölfen und zwei Pumas mit Schrotflinten aller Marken, Kaliber und Altersgruppen ab.

„Lasst uns sehen, Jungs, es gibt hier etwas, das ich nicht verstehe und ich mag es, Dinge zu verstehen. Ich kann es nicht ertragen. Entweder ich verstehe sie oder…

Er ließ die Alternative offen. Er ging zu dem mit Ebenholz eingelegten Mahagoni-Schreibtisch, nahm eine geschliffene Kristallflasche und zwei Gläser.

"Ein Drink?

"Jawohl.

Der alte Mann bediente ihn und stellte einen anderen vor ihn.

„Mein Partner trinkt auch.

„Hilf dir selbst. Und jetzt wirst du mir sagen, was zum Teufel du damit gemeint hast.

„Hast du sie gespürt, ja oder nein?

Der alte Mann trank, bevor er antwortete. Er wischte sich den Schnurrbart ab.

"Ein paar Mal. Kleine Sache, zur Hölle. Nichts, worüber man sich Sorgen machen müsste. Und ich habe es niemandem erzählt. Woher zum Teufel hast du das gewusst?

Clay warf Mac einen Seitenblick zu. Mac trat vor. Ich hatte verstanden.

„Mein Partner ist Arzt, Mr. Amazee.

„Doktor? Ihr?

"Mich.

„Warum hast du es nicht vorher gesagt? Wer hat dich geschickt?

„Niemand. Ich selbst. Ich habe ihm gesagt, dass ich einen Job suche.

"Als ein Doktor?

„Als Pfand.

„Ein Doc? Du lügst. Aber jetzt wirst du mir sagen, wer dir erzählt hat, dass ich ...

„Niemand, ich wiederhole.

Ton richtete sich auf. Dann streckte er die Hand aus. Der alte Mann griff nach dem gemusterten Perlmuttkolben seines Colts, den er über seinen dicken Schenkeln baumelte.

„Halt, verdammt!

„Ich starrte auf meine Hand.

"Dass ich...?

"Schau sie an.

Amazee gehorchte.

„Siehst du es stabil?

"Ich mache.

„Du siehst sie zittern. Er sieht es nicht stabil. Und doch, berühren Sie es und Sie werden sehen, dass es fest wie ein Stein ist.

„Ja, na und?

Seine Stimme war etwas weniger selbstbewusst als zuvor.

„Du bist einfach krank.

„Ich? Sag keine dummen Sachen! In meinem Leben habe ich mich besser gefühlt!

„Und dieser Schwindel, siehst du nicht Fliegen vor deinen Augen? Nachts ist er müde. Seine Ohren klingeln.

LA fand einen Stuhl und setzte sich.

„Und das alles, was bedeutet das? Nehmen wir an, diese Dinge passieren, zur Hölle, aber was bedeuten sie?

„Hast du noch nie einen Arzt gesehen?

„Ja, natürlich. Zu Dr. Ball. Er kommt von Zeit zu Zeit zu Last und holt die Backenzähne heraus und legt Blutegel. Ich habe ihn herkommen lassen und er hat mir gesagt, es sei ... gesunder Mann.

Clay starrte ihn an. Lächelnd.

"Ist ein Arzt?

„Nun... so nennt er sich selbst. Und jetzt hören Sie mir zu, Doc. Stimmt irgendetwas nicht?

„Erkundigen Sie sich bei Dr. Ball.

Er stoppte.

„Ich bin hierher gekommen, um Arbeit zu suchen. Pfand. Hat es?

LA schaukelte in ihrem Stuhl hin und her.

„Ich habe Arbeit für dich.

"Wir sind zwei.

„Ich habe Arbeit für uns beide. Aber jetzt erzählst du mir, was mir passiert.

Nun, Herr Amazee?

Er ging zwei Schritte zum Tisch, nahm die Flasche und goss sich ein neues Glas ein.

„Stell mich ein und wir reden.

LA stand gewaltsam auf.

„Warum willst du als Arbeiter arbeiten? Das macht ein Arzt nicht!

Sagen wir, es gefällt mir besser.

„Sagen wir, Sie sind ein Lügner und sind aus irgendeinem Grund hierher gekommen, den ich jetzt nicht kenne, den ich aber bald herausfinden werde.

„Sagen wir es und... versuchen wir es. Das ist mir egal. Es gibt andere Ranches, wo man Arbeit findet.

„Zitieren Sie mir eins.

LAs Bauch bewegte sich auf und ab. Er lachte.

„Ranches wie Taschentücher, die ich noch weiterlaufen lasse, weil sie mich nicht einmal zu dem Schatten machen, den eine Ameise mir machen würde. Bettler, die die Graskrümel sammeln, die ich ihnen hinterlasse. Komm schon, mach es. Suchen Sie in ihnen nach Arbeit.

„Suche woanders Gesundheit.

LA stand auf.

"Was hast du gesagt?

„Geh und finde diesen Ball.

Er griff in seine Westentasche und zog ein Blatt Papier heraus. Es wurde in acht Falten gefaltet und auf ein Seidentuch geklebt.

„Schau dir das an, Amazee.

„Der „Sir" war beiseite gelegt worden. Die Augen des alten Mannes verengten sich. Aber er nahm das Papier und faltete es auseinander.

"Arzt in Medizin. Ich verstehe immer noch nicht, was ein Arzt hier verdammen kann, ohne die Kranken zu sehen und um Arbeit als Arbeiter zu bitten.

„Das ist mein Konto.

Der alte Mann kniff die Augen zusammen. Einen Moment lang sprach er nicht.

„Sie sind angeheuert", sagte er plötzlich.

"Wir sind zwei.

„Wir beide, verdammt. Sie sind angeheuert. Bock!

Buck erschien in der Tür, das Gewehr in der Hand.

„Diese beiden Männer sind angeheuert. Gib ihnen einen Platz im Schlafzimmer. Sie werden essen wollen. Wir schaffen es in einer halben Stunde.

"Ist schon in Ordnung. Melde dich beim Vorarbeiter. Buck, bring sie zu ihm.

Die beiden Männer gingen zur Tür. Sie waren schon drin, als der Alte ihn wieder rief.

„Du hast es gewollt. Er wird als Bauer arbeiten.

"Natürlich.

„Und hier arbeiten die Leute hart. Ich kümmere mich darum.

„Geht gut. Die Ranch gehört dir.

Sie sind gegangen. Buck sah sie seltsam an.

„Was zum Teufel hast du dem Boss gesagt, dass er dich anstellt? Du brauchst keine Leute.

„Warum fragst du ihn nicht?", schlug Clay hilfreich vor.

„Ich würde es tun, wenn ich verzweifelt nach dem Leben wäre.

Sie hatten eines der Nebengebäude erreicht. Ein Mann untersuchte in der Schmiede ein Pferd.

"Herr. Lane, der Boss hat diese beiden Männer angeheuert.

Lane antwortete nicht. Er untersuchte immer noch das Pferd, das sich auf sein Bein stützte. Der Schmied beobachtete die Szene und rauchte eine Zigarette.

Fast fünf Minuten vergingen. Schließlich richtete sich Lane auf.

„Es scheint schon in Ordnung zu sein. Aber auch hier nicht den Rumpf zerkratzen.

"Nein Sir.

Und dann wandte sich Lane an sie.

„Also hat er dich eingestellt, richtig?

„Ja", sagte Ton.

Sagen Sie "Ja, Sir."

„Er hat uns eingestellt.

Sagen Sie "Ja, Sir."

Lane war groß, hatte sehr blondes Haar und eng zusammenstehende Augen, die Farbe von schmutzigem Wasser. Er trug ein rot-gelb kariertes Hemd und Chaps an den Beinen.

„Was ist mit Ihnen los? Können Sie nicht „Ja, Sir" sagen?

"Nicht.

Mac kannte Clay bereits. Sie sah, wie seine Kiefer fest zusammengepresst waren und die Adern an seinem Hals sich von der gebräunten Haut abhoben.

Und er verstand, dass die Schwierigkeiten begonnen hatten.

"Nicht?

"Nicht.

Lanes Faust schoss nach vorne und suchte nach Clays Kiefer. Er trat zurück und die Faust strich harmlos an seinem Gesicht vorbei.

Lanes Körper beugte sich vor, den Arm ausgestreckt.

Dann stieß Clay seine linke Faust in ihre rechte Seite, direkt über ihrer Leber.

Der Schlag war genau; die einer Person, die weiß, wo sie zu geben hat, und die hart gibt. Lane schnappte nach Luft und fiel zu Boden, wobei er sich mit beiden Händen an der Seite festhielt.

Der Schmied nahm den Hammer und ging auf sie zu.

Mac zog den Revolver heraus.

„Freies Feld", sagte er.

„Verdammt", sagte Lane keuchend.

„Du hast zuerst angefangen. Nicht ich.

Lane begann aufzustehen.

„Du hast einen Revolver am Gürtel. Finde es heraus.

„Denk nicht drüber nach. Ich bin nicht hergekommen, um jemanden zu töten. Aber du hast den Kampf begonnen.

Eine Gruppe von Männern näherte sich und rannte fast.

Lane legte seine Hand in sein Holster.

„Wenn du einen Mann erschießt, der nicht antwortet, kommst du nicht lebend raus", sagte Mac träge. Denk einfach nicht daran.

„Hier wird mich niemand schlagen", sagte Lane mit einem mörderischen Blick.

„Halt die Klappe, Schwein!" sagte Clay fest. Du fingst an. Wer glaubt er, dass er ist? Meister?

Die Männer waren angekommen. Einen Moment lang waren sie unentschlossen. Und Lane hat sich entschieden.

„Nimm diese Typen und steck sie hier rein. Und dann schließt du die Tür.

KAPITEL V

Clay erkannte, was passieren würde. In der Schmiede eingesperrt, wären sie in Lanes Händen. Und es war nicht schwer zu erraten, was er vorhatte.

"Der erste, der seine Hand auf mich legt, bekommt einen Schuss", sagte er. Und er zog die Waffe heraus. Mac stand neben ihm, Schulter an Schulter, und sie wandten sich der Gruppe zu.

Lane starrte sie an, leicht vorgebeugt, die Waffe in der Hand. Die Männergruppe öffnete sich zu einem Kreis. Und oben ging die Sonne glühend über der Ranch unter.

„Lane", sagte einer der Männer, „diese beiden Typen waren bei Sally und haben Fragen gestellt. Wir haben sie dort gesehen.

„Oh ja? Was für Fragen?

„Über ein Vieheisen.

Lane runzelte die Stirn.

„Haltet sie bedeckt, Jungs. Mal sehen, was die Verurteilung der Eisen ist.

Aber die Situation war abgestanden. Auch die beiden Gefährten deckten das Feld ab.

„Hör zu, Lane, ich will nicht kämpfen. Aber wenn einer von euch versucht, uns in die Finger zu bekommen, wird es einen Kampf geben.

„Das wird es geben", stimmte Lane zu. Und die einzige Möglichkeit, dies zu vermeiden, besteht darin, dass Sie in die Schmiede gehen, damit wir uns unterhalten können.

„Nicht tot", antwortete Clay. Und jetzt, Lane, machen Sie Platz, denn wir gehen hier weg.

"Ja? Nun, lass uns sehen, dass ...

„Der Chef kommt", sagte einer der Männer mit leiser Stimme.

Spur gedreht. Lot Amazee ging mit schweren Schritten auf die Schmiede zu. Bevor er fünfzehn Meter erreicht hatte, begann er zu sprechen.

„Lane, verdammt noch mal! Was zum Teufel ist da los?

Lane steckte die Waffe weg.

„Nichts, Herr Amazee. Nichts, was ich nicht reparieren kann.

"Wirklich? Und ... darf ich wissen, was Sie mit einem Revolver in der Hand reparieren müssen?

Plötzlich erreichte seine Stimme einen fast donnernden Grad.

„Weg mit all den verdammten Waffen! Sofort!

Alle seine Angestellten steckten hastig ihre Revolver weg. Weder Clay noch Mac taten es. Der Blick des alten Mannes wandte sich ihnen zu.

„Hast du nicht gehört?

„Ja", sagte Clay. „Wir haben es gehört.

„Warum zum Teufel dann...?

Lane fragen. Er hat alles angefangen.

"Fahrbahn?

Der Vorarbeiter bewegte die Kiefer.

„Der Typ war unverschämt mit mir. Und ich kann keinen Bauern ausstehen, der das tut.

"Hast du das gemacht?

Lehm lächelte.

„Er wollte, dass ich ihn genauso behandle wie Sie.

Spur gespült.

„Du lügst, du verdammter Bastard.

„Dann werden wir über die Tugenden unserer Mütter sprechen... allein. Mr. Amazee, Lane wollte, dass ich Sie jedes Mal Sir anrufe, wenn ich mit ihm sprach. Anscheinend hat er sich geärgert, dass Sie mich ohne ihn eingestellt haben.

LA wandte sich an ihren Vorarbeiter.

„Lane, wir reden später, du und ich. Ich habe diesen Mann eingestellt und es ist vorbei. Hier gebe ich Befehle. Und wenn sie Ihnen nicht gefallen, wissen Sie bereits, was Sie tun können. Und jetzt ... mit tausend Teufelspaaren im Bett, genug!

"Einen Moment.

LA wandte sich an Clay.

„Hast du mich nicht gehört?

„Ja. Aber die Sache ist noch nicht erledigt. Sie haben mich eingestellt, aber Sie haben mich nicht gekauft. Es steht mir frei, wegzugehen, wenn mir der Job nicht gefällt... oder die Männer. Ist das gut verstanden?

Amazees Gesicht wurde lila.

"Was zur Hölle...? Weißt du nicht, dass du, wenn ich wollte, in keinem ... arbeiten würdest?

Seine Stimme verstummte. Wie in einem Buch konnte Clay ihre Gedanken lesen. Er hatte darum gebeten, als Bauer zu arbeiten, aber ... er war kein Bauer. Und der alte Mann hatte es mitten in seiner Explosion begriffen.

„Raus hier!" sagte er.

"Mit Vergnügen. Komm schon, Mac.

Ich fange an zu laufen. Hinter sich hörte er das Keuchen des alten Mannes.

Sie erreichten ihre Pferde. Clay stellte seinen Fuß auf den Steigbügel und dann war da wieder dieses Grollen, wie Donner in den Bergen.

"Warten!

Ich hoffe.

Der alte Mann kam auf ihn zu.

„Die Leute gehen hier nicht weg. Ich vermisse es.

„Ich halte mich für gefeuert. Du hast "raus" zu mir gesagt.

„Und jetzt sage ich ihm, er soll bleiben.

Clay starrte ihn an und bemühte sich, die Freude in seinem Gesicht nicht zu sehen, dass er die Runde gewonnen hatte.

„Mit einer Bedingung.

Er fühlte den Blick von Mac und den anderen auf sich ruhen.

„Bedingungen... für mich?

„Es tut mir leid. Ja.

"Und ..." klang die Stimme des alten Mannes mit einem unterdrückten Zorn ", was ist das für eine Bedingung?

„Ich würde Befehle von dir annehmen, nicht von diesem Kerl.

„Mir ist scheißegal, von wem Sie Ihre Bestellungen entgegennehmen ...

"Nicht ich.

„Aber du wirst bleiben. Komm mit mir.

„Warte auf mich, Mac. Und denk dran, du bist bei mir. Lass nicht zu, dass sie dir den Fuß in die Kehle rammen, während ich bei Mr. Amazee bin.

„Lane! Fass den Mann nicht an, verstehst du mich?

„Ja, Herr Amazee.

Sie betraten das Haus. Die Frische des Interieurs begrüßte sie.

„Ich habe zugehört. „LA hatte sich an Clay gewandt." Meine Ranch wird von mir geführt. Wenn ich sie gemietet habe ...

"Nun, lass uns das einfach fallen lassen", antwortete Clay. Hast du eine Zigarre?

Amazee ging zu seinem Tisch, zog eine Kiste heraus und reichte ihm eine Handvoll.

„Unterbrich mich nicht, wenn ich spreche.

„Ich möchte nicht über Dinge sprechen, die bereits gesagt wurden. Sie leiten die Ranch, Sie geben Befehle und die anderen gehorchen. Das klingt gut für mich. Aber niemand befiehlt mir, noch gibt mir jemand Befehle, wenn ich nicht will.

„Du hast nach einem Job gefragt!

„Ich bin Amerikaner, weiß und frei, mich einzustellen. Und wenn ich nicht irgendwo bleiben will, kann mich niemand dazu zwingen.

„Ich stelle ihn als Arzt ein. Ich gebe dir hundert Dollar im Monat. Aber Sie müssen mich in einwandfreiem Zustand zurücklassen. Ich muss in zwei Monaten 10.000 Stück Vieh in den Norden schicken.

"Du hast einen Sohn.

„Er kann nicht... Was zum Teufel meinst du? Ich bin kein Invalide.

„Natürlich. Aber man kann Invalide werden, wenn man keinen Arzt hat.

„Verdammt, das vertrage ich mit dir!

Clay sah ihn konzentriert an.

„Na, was erzählst du mir?

„Ich sage ja. Mit einer Bedingung.

„Du und deine verdammten Bedingungen! Komm schon, sag es jetzt. Ich nehme an, es wird so sein, dass Sie nur Bestellungen von mir persönlich annehmen werden.

„Nein, Sir. Ich werde von niemandem Befehle entgegennehmen. Sie werden sie von mir erhalten... was Ihre Gesundheit betrifft, natürlich.

LA sah ihn unter ihren buschigen Augenbrauen an,

„Ich hoffe nichts anderes. Ich glaube nicht, dass du die Ranch führen willst, oder?

Lehm lächelte.

"Nicht.

Aber sein Lächeln hatte seine Augen nicht erreicht. Seine Lippen schlossen sich plötzlich.

„Ja oder nein, Herr Amazee?

„Mit einem Teufel werden wir es versuchen. Aber sei vorsichtig. Und errege Lane nicht zu sehr. Er ist ein harter Kerl.

„Ich auch... auf meine Art. Ich habe es ihm schon bewiesen. Sag ihm, er soll sich um die Ranch kümmern und nicht um mich.

Der alte Mann lachte plötzlich.

„Es wird dir nicht gefallen, aber ich sage es dir. Und jetzt nimm diesen Schwindel weg.

„Du wirst es auch nicht mögen, wie ich es mache.

"Ich habe zugehört. Fast die gesamte Region gehört mir. Ich habe es mir mit meiner Leistung verdient. Aber ich habe noch einen anderen Teil. Und ich habe die Regierungsaufträge, um die Schlachthöfe der

Armee und die zivilen Schlachthöfe von Chicago mit Rindern zu versorgen Ich möchte nicht zwei Tage mit Kopfschmerzen im Bett liegen.

„Du hast einen Sohn. Er kann mit bestimmten Jobs fertig werden, oder?

„Er wird tun, was er kann. Aber ich mache die Dinge lieber selbst.

"Wo ist dein Sohn?

In den Augen des Ranchers erschien ein misstrauischer Ausdruck.

„Warum willst du das wissen? Willst du mit ihm reden... über mich?

"Nein Sir.

„Weil ich den Kellner nicht erschrecken will. Sie haben mich immer auf meinem Posten gesehen. Ich möchte nicht, dass sie anfangen zu denken, dass ich alt werde.

"Nein Sir.

„Nun, in diesem Fall... mal sehen, ob wir loslaufen können.

„Stell das Glas ab.

„Der Whisky? Der ist gut. Es ist der schlechte Whisky, der mir wehtut.

„Jeder tut auf Dauer weh. Lass es.

Der alte Mann stellte das Glas gewaltsam auf den Tisch.

"Okay okay! Es ist schon übrig. Und nun...

„Du wirst jetzt meinen Anweisungen folgen.

* * *

Die Reitergruppe betrat die Ranch bei Sonnenuntergang. An der Spitze der junge Blonde. Mit zerzausten Haaren und verschwitzten Kleidern betrat er das Gebäude, rasselte mit den Sporen und schnappte mit der Peitsche.

„Lass uns das Abendessen sehen! Hallo Vater.

Dann sah er Clay in die Augen.

„Wer ist das? Ein Freund?

"Ein Arzt.

„Ein Arzt? Und wozu brauchst du einen Mörder? Fühlst du dich krank, Vater?

„Sie werden sich besser fühlen, wenn Sie meinem Rat folgen.

"Bereits.

Er goss sich ein Glas Whisky ein und trank es in einem Zug aus. Er schnalzte mit der Zunge.

„Mal sehen, erklären.

Er steuerte direkt auf Clay zu. Er lächelte nicht einmal.

„Es gibt nichts zu erklären. Ihr Vater und ich haben bereits gesprochen.

„Mein Sohn Tob", sagte Amazee. Es ist ein Welpe guter Rasse. Manchmal etwas gewalttätig, aber das Grasland bringt keine friedlichen Männer hervor.

Er legte Tob eine Hand auf die Schulter.

„Richtig, Junge?

„Richtig, Mann. Aber was zum Teufel ist hier los? Du hast noch nie einen Matasanos gebraucht.

„Jetzt braucht er Krankenpfleger", sagte Clay eisern. Der andere bemerkte ihren Tonfall und wandte sich langsam an den Arzt.

„Ja? Was passiert mit ihm?

„Hör zu, Tob. Jeder erreicht ein Alter... Clay merkte, dass der alte Mann seine eigenen Worte zitierte. Er lächelte nicht. Das war ein gutes Zeichen.

„... Es ist, dass er bestimmte Bräuche aufgeben muss. Essen Sie viel. Trinken Sie viel... Nun, all das. Natürlich nach und nach, aber Sie müssen auf sich selbst aufpassen.

"Dummes Zeug!

Es war eine Art Schleudertrauma gewesen. Er wandte sich an Clay.

„Was hast du getan? Angst in seinen Körper gebracht?" „Nicht.

"Dann...?

"Halte den Mund, halt den Rand, Halt die Klappe.

„Niemand hat mich zum Schweigen gebracht. Und wenn meinem Vater etwas zustößt, sagen Sie es, aber kein Unsinn.

„Wem soll ich es erzählen. Ihnen?

"Ja.

"Nicht.

„Vater, bring ihn an seine Stelle.

„Da, mein Sohn. An dem Ort, wo ich es haben wollte.

"Dummes Zeug!

Er schlug mit der Reitgerte auf seinen Stiefel.

„Nun, wir reden morgen. Ich bin hart geritten. Morgen.

"Wo bist du gewesen?

„Nun... da drüben. Im Norden von Pradera Grande. Im Brunnen lag ein Kadaver. Es könnte das Wasser vergiftet haben. "Er ging zur Tür". Morgen reden wir, Matasanos.

Ton nickte. Der Junge ging hinaus. Clay ging zum Fenster. Im Dämmerlicht sah er, wie sich ihm außerhalb der Veranda jemand näherte. Er erkannte die breiten Schultern des Vorarbeiters.

„Das Signal zum Abendessen wird ertönen", sagte Amazee. Du wirst es mit mir machen.

Hatte er Angst gehabt? Clay sah das flackernde Licht im Blick des Ranchers.

"Mit Vergnügen.

Der chinesische Koch servierte das Abendessen. Als Tob sah, was sein Vater auf seinen Teller legte, zog er eine Augenbraue hoch.

„Nur das? Vater, ein Mann braucht Essen.

„Halt die Klappe, mit einem Teufel. Ich werde essen, was ich will.

Der Blick des Jungen wanderte zu Clay.

„Ist das deine Medizin, Matasanos?

"Einer von ihnen.

„Vater, lass dir von diesem Kerl nicht sagen, was du tun sollst. Komm schon, du bist noch nie so tief gefallen, dass es dir gesagt wird ...

"Halte den Mund, halt den Rand, Halt die Klappe!

Die Lippen des jungen Mannes hatten sich zu einer einzigen Linie verengt.

„Du und ich werden ein bisschen darüber reden, Matasanos.

„Mit Vergnügen, Amazee. Aber ich werde Sie vor einer Sache warnen. Ich mag es nicht, Matasanos genannt zu werden.

„Nein, Matasanos?

„Nein, und ich rate Ihnen, es nicht noch einmal zu tun.

„Wir werden sehen, Matasanos. Obwohl ich bezweifle, dass es das ist.

Clays Augen verengten sich.

„Das bin ich übrigens. Das letzte Mal hatte ich die Gelegenheit, dies zu beweisen, war mit einem indischen Mädchen.

„Die Indianer brauchen keine Ärzte. Sie haben ihre Hexen ", sagte LA

„Diese hier, nein. Jemand hatte sie auf einer Bergstraße vergewaltigt.

Seine Augen verließen nie die des jungen Amazee. Sein Gesicht sah leer aus, aber er starrte sie an.

„Oh ja? Und was ist mit ihr passiert?

„Es war sehr schlimm. Ich habe mich um sie gekümmert.

„Hast du dir so viel Mühe für eine Inderin gemacht?

"Ja.

Die Silbe war geknackt wie eine Peitsche.

„Und ich würde gerne wissen, wer der Bastard war, der es getan hat. Und nicht allein. Die Indianer suchen auch nach dem Schwein, das das Mädchen vergewaltigt hat.

„Nun, lassen Sie sie unter ihnen suchen. Sie alle wissen, wenn es um diese Dinge geht.

„Er war ein weißer Mann, kein roter Mann.

"Woher weißt du das?

„Ich weiß, das ist es.

„So viel Aufhebens um eine Inderin? Wenn ich sage, dass du ein Matasanos bist ...

Clay stand langsam auf und schob seine Serviette beiseite.

Sag das noch einmal, Amazee.

„Sei still!" LA ist explodiert." Du, geh zurück zu deinem Essen. Und du, Tob, halt die Klappe. Behalte deine Zunge im Mund oder ich bringe dich dazu sie zu schlucken.

„Ich werde es selbst tun", sagte Clay.

"Hinsetzen!

Clay gehorchte nicht. Er ging auf den Jungen zu und brachte sein Gesicht ganz nah an das des anderen heran.

"Wiederhole das.

"Quacksalber.

"Ruhig sein!

Clays Faust schlug gegen Tob Amazees Kiefer und er riss ihn zurück. Der junge Mann fiel mit rollenden Augen zu Boden. Der Schlag war von jemandem ausgeführt worden, der sich gut mit Anatomie auskannte.

„Schwein! Wie kannst du es wagen, meinen Sohn zu schlagen?

"Er hat mich beleidigt.

Amazee ging auf ihn zu.

„Du weißt nicht, was du getan hast. Ich werde die Haut in Streifen entfernen.

Clay griff nach dem Revolver.

„Lass uns mit dem Unsinn aufhören. Niemand wird mich beleidigen und niemand wird mir die Haut ausziehen.

"Fahrbahn!

„Wenn es jemand wagt, mich anzufassen, werde ich ihn töten, Amazee.

"Fahrbahn!

Der Vorarbeiter öffnete die Tür.

"Herr?

Seine Augen suchten die Situation ab und übernahmen sofort die Kontrolle.

„Lane, zieh nicht deinen Revolver", sagte Clay leise. Nehmen Sie es nicht heraus, wenn Sie nicht bereit sind, es zu benutzen ... bis zum Tod.

„Runter von meiner Ranch!

Mac war an der Tür aufgetaucht.

„Konflikte, Ton?

„Konflikte. Wir bleiben hier.

Die Augen des alten Mannes waren zusammengekniffen.

„Lane, ich will diese Typen hier nicht sehen.

„Mit Vergnügen, Sir.

„Lass sie gehen, Lane.

Tob Amazee setzte sich auf Seine rechte Hand ging zum Holster.

„Halt, Tob!

„Er hat seine schmutzigen Hände auf mich gelegt und ich werde...

„Du wirst nichts tun! Ich verbiete es! Diese Jungs verlassen gerade meine Ranch. Sie werden von niemandem angefasst.

„Wir gehen", sagte Clay, immer mit der Waffe in der Hand. Wir gehen, und es wäre besser, wenn sie nicht weiterkommen.

Er wandte sich an den alten Mann.

„Was Sie betrifft, ich habe Ihnen bereits gesagt: Es wird nicht lange dauern, bis Sie den Fehler sehen, den Sie gemacht haben.

Er ging zur Tür.

„Pass, Lane.

„Lane, niemand berührt ihn.

"Nein Sir.

Mac und Clay gingen aus.

"Unsere Pferde" bestellte das letzte.

„Sie werden sie in kürzester Zeit haben", sagte Lane bedrohlich. Und wenn wir sie hier wieder sehen, werden sie keine ungebrochenen Knochen haben.

Clay lehnte sich an ihn.

Und wenn ich dich irgendwo allein wiedersehe, wirst du es bereuen, geboren zu sein.

"Bastard.

„Nicht so sehr wie du, Lane. Und jetzt die Pferde. Und Gott sei dir gnädig, wenn du nicht fit bist.

Die Pferde waren. Clay und Mac vergewisserten sich langsam und sorgfältig.

Dann stiegen sie auf und verließen den Ring der Ranch.

„Sei sehr vorsichtig, Junge", sagte Mac. Verstehst du das Spiel?

„Ausreichend. Der alte Mann wollte nicht, dass uns innerhalb der Ranch etwas passiert. Aber außerhalb wird es etwas anderes sein.

„Nun, wohin gehen wir? In die Stadt?

Clay dachte einen Moment darüber nach.

„Oder zur Post, Mac. Wir müssen sowieso bei Last vorbeischauen.

Sie kamen gegen elf Uhr in der Stadt an.

„Wir müssen einen Schlafplatz finden", sagte Clay.

„Ich" Mac sah ihn nachdenklich an, „ich würde einen Platz auf der Wiese finden. Das gefällt mir nicht.

„Dafür haben wir Zeit.

Sie kamen im Hotel an. Dieser hatte den Salon im unteren Teil. Der Ort war voller Menschen, Rauch und Musiklärm. Die beiden Begleiter näherten sich dem Tresen.

Der Diener sah sie an. Dann warf er schnell einen Blick auf einen anderen, der an der Theke lehnte. Clay wurde alarmiert.

„Mac", sagte er leise. Vielleicht hattest du recht. Vielleicht sollten wir draußen schlafen.

"Was wird es sein? Fragte der Barkeeper.

„Whisky. Haben Sie Zimmer?

„Ich habe eins. Mit zwei Betten.

„Wir haben es genommen.

„Es sind drei Dollar.

„Wir nehmen es gleich.

„Es ist okay. Hier ist der Schlüssel.

Clay drehte sich langsam um, als Mac den Schlüssel nahm. Der Mann, den der Barkeeper angeschaut hatte, löste sich von der Theke und ging träge auf sie zu.

„Pass auf, Mac.

Der Mann kam auf sie zu. Dann zog er langsam etwas aus seiner Tasche und zeigte es.

„Ich bin Hoop, Sheriff von Last", sagte er. Und ich grüße die Fremden, wenn sie in die Stadt kommen.

„Geschmack", sagte Clay.

„Ja, übrigens. Schön und gib mir jetzt die Revolver.

Clay lehnte sich gegen die Theke.

„Aus welchem Grund sollen wir das tun?

„Seht ihr, Jungs. Du gibst sie mir und dann besprechen wir die Sache, ist das in Ordnung?

Er war in den Vierzigern, groß, mit einem senffarbenen Schnurrbart. Seine Augen waren rot umrandet.

„Ich habe gefragt, warum wir das tun sollen, Hoop.

„Sie wollen nicht?

„Ich habe so etwas nicht gesagt. Ich habe nach dem Grund gefragt. Dort sehe ich viele Männer, die ihre Revolver tragen. Hast du vor, sie alle zu fragen?

Der Blick des Sheriffs wurde hart.

„Nicht. Für dich. Und ich werde müde. Gib mir die Artillerie.

Clay sprach langsam.

„Nein, bis ich geantwortet habe.

„Nicht? Nun, schlimmer für dich. Schau auf.

Clay blickte auf die Galerie, die den Saloon von drei Seiten umgab, da war ein Mann mit Streit. Und das Gewehr war direkt auf sie gerichtet.

„Wenn ich den Befehl gebe, wird dieser Mann sie lebendig braten. Also Leute, lasst eure Waffen fallen.

"Und dann?

„Dann kommen sie mit mir zum Polizeirevier.

Clay sah wieder auf. Das Gewehr machte eine schnelle Bewegung.

Langsam ließ er sein Biricu fallen. Mac tat dasselbe und fluchte leise.

Der Sheriff trat die Waffen weg. Erst dann kam der Mann auf der Galerie herunter.

„Heb diese Revolver auf", sagte er, während er ihre eigenen Pistolen auf die beiden Gefährten richtete. Und du gehst zur Tür. Aber, Jungs, denkt nicht einmal ans Laufen, denn das wäre das Ende.

„Komm schon", sagte Clay.

Er wusste, wann er nicht widerstehen sollte, und dies war einer dieser Momente.

KAPITEL VI

Der Sheriff starrte sie hinter seinem Schreibtisch an. Seine Augen waren eindeutig feindselig. Neben dem ersten war ein anderer Kommissar.

„Ihr dachtet also, ihr könntet an einen friedlichen Ort kommen und anfangen, herumzualbern, oder?

Clay antwortete nicht.

„Du antwortest nicht, oder? Nun, hier haben wir Möglichkeiten, die Münder von Kerlen zu öffnen, die hart drauf sind.

„Was beschuldigen Sie uns, Sheriff?

„Ah, aber weißt du das nicht? Ganz einfach. Ich werde es dir sagen. Um Streit auf Mr. Amazees Ranch zu fördern.

„Hat Mr. Amazee es selbst gesagt?

"So ist es.

„Er persönlich?

„Das macht wenig aus, nicht wahr?

"Vielleicht.

„Nun, ich sage, es spielt keine Rolle. Tatsache ist, dass Sie das haben. Und das tolerieren wir hier nicht. Auf der anderen Seite, Leute, vielleicht tue ich Ihnen einen Gefallen.

"Ja wirklich?

„Du kannst es sagen. Mr. Amazees Cowboys haben nach dir gesucht. Und das ohne gute Absichten, das kann ich dir versichern. Das ist also so. Du wirst ein paar Tage in der Zelle verbringen, bis die Dinge klar werden.

Er sah Clay an.

„Sie sagen, Sie sind Arzt.

Lehm zuckte mit den Schultern.

„Es spielt keine Rolle.

„Mann, nein, du bist nicht irgendein Typ. Leider brauchen wir hier keine aufruhrfördernden Ärzte. Hooky, bring sie in die Zellen.

„Wie lange wollen Sie uns hier behalten, Sheriff?

„Na ja, das kann für später sein.

Als Hooky auf die Innentür zuging, sagte der Sheriff plötzlich:

„Stimmt das, was ich über eine Inderin gehört habe?

„Ich weiß nicht, was Sie gehört haben.

»Dass Sie eine verwundete Inderin auf dem Berg gefunden und zu Sallys Posten gebracht haben.

„Es ist wahr, aber sie wurde nicht verletzt. Sie hatten sie vergewaltigt.

„Nun, das sagst du.

"Ja.

Und ich glaube es nicht. Und selbst wenn es wahr wäre, ein Inder ist ein Inder. Einiges Rot hat es sicher getan. Sie mögen es sehr.

Clay drehte sich zu ihm um.

„Das möchten Sie gerne glauben, nicht wahr?

"Das ist was ich denke.

Zufrieden stellte er seine Füße auf den Tisch.

„Bring sie in die Zelle, Jungs.

Clays Kiefer waren fest zusammengepresst.

„Sheriff, wie viel bezahlt Amazee Ihnen dafür, dass Sie tun, was er Ihnen sagt?

Sheriff Hoops Augen funkelten.

Er stand langsam auf und ging auf Clay zu. Einer seiner Kommissare rammte dem Arzt die Mündung des Gewehrs in den Rücken.

Dann schlug Hoop Clay gerade auf den Kiefer. Es fiel nach hinten.

„Das ist erst der Anfang, Junge. Wenn Sie so etwas noch einmal sagen, sind wir an der Reihe. Und Sie werden es bereuen, geboren zu sein.

„Sheriff, Sie und ich werden uns irgendwann sehen, wenn Sie nicht von Ihren Schlägern beschützt werden.

„Willst du mehr? Jungs, bringt ihn auf die Beine.

Mac trat vor.

„Warum kämpfst du nicht alleine, Hoop?

Diesmal war der Schlag für ihn. Die Mündungen zweier Gewehre waren direkt auf ihn gerichtet.

„Komm, steh auf, töte uns.

Clay stand auf, und der Sheriff hob den Arm.

Eine sehnige Hand packte ihr Handgelenk und hielt es in die Luft. Dann sank Clays linke Faust in Hoops Leber.

Der Sheriff krümmte sich mit offenem Mund und zusammengekniffenen Augen. Einer der Marshalls lenkte die Waffe auf Mac ab und feuerte. Die Kugel strich über Clays gebeugten Körper und die Ereignisse begannen zu rauschen.

Sheriff Hoop war zu Boden gefallen. Er schnappte nach Luft, keuchte, und ein Gurgeln kam aus seinem Mund.

Mac hatte plötzlich den anderen Kommissar angemacht, das Gewehr am Lauf gepackt und zu sich gezogen. Der Kommissar ist umgezogen. Mac hob das Gewehr, und das Fadenkreuz traf das andere auf die Wange, unter einem Auge. Er war nur einen Zentimeter davon entfernt, es zu überspringen.

Derjenige, der geschossen hatte, konnte nicht nachladen. Clay wirbelte herum, hob sein Bein und trat mit dem Knie in den Unterbauch des Kommissars.

Die beiden Begleiter sahen sich an.

„Mach die Tür zu", befahl Clay.

Er hob eines der Gewehre auf und drehte sich um. Der Spieß hatte sich gedreht. Der Sheriff saß bereits und fluchte heiser:

„Wirf sie gegen die Wand, Mac.

Mac hatte die andere Waffe ergriffen. Mit entschlossenem Blick deutete er auf eine der Ecken. Die drei Männer gehorchten.

Dann schloss Mac die Tür und verriegelte ihn.

„Hör zu, Schwein.

Clay sah den Sheriff direkt an.

"Das wird sie das Seil kosten", sagte Hoop.

„Wenn ich dich töte, kostet es uns nichts, Arschloch. Und das werde ich tun.

Ein Ausdruck der Besorgnis erschien in Hoops Augen.

„Du meinst das nicht ernst.

"Nicht?

Er hob das Gewehr.

„Steh auf. Ich werde schießen.

Der Alarm hatte sich in schlichten Schrecken verwandelt.

"Das kannst du nicht tun, hör zu...

„Ich werde schießen. Ich werde es tun, es sei denn, Sie sagen mir, wer Ihnen befohlen hat, uns aufzuhalten und warum.

"Es war Lane", antwortete der Sheriff ohne zu zögern. Aber er sagte, es sei im Auftrag von Mr. Amazee gewesen.

"Warum?

„Er sagte, er wollte, dass Sie zumindest für eine Weile im Gefängnis bleiben.

"Warum?

„Nein, das hat er nicht gesagt.

Clay kniff die Lider zusammen.

„Ich denke... Mac.

"Ja?

„Mac, ich glaube, ich weiß, was diese verdammten Killer wollten.

Er wandte sich heftig an den Sheriff und schlug ihm in den Mund.

Und du weißt es auch.

„Nein, hör zu, ich weiß nicht...

Clays nächster Schlag schlug ihm zwei Zähne aus. Sein Mund füllte sich mit Blut.

»Und dann«, sagte Clay kalt, »breche ich dir die Arme. Spricht.

Sheriff Hoop berührte seinen Mund. Seine Worte kamen durch das Blut fast unkenntlich heraus.

„Ich glaube, sie wollten zur Post gehen.

"Warum?

„Das haben sie nicht gesagt. Wort, das sie nicht sagten. Nur sie planten, zur Post zu gehen.

„Mac", sagte Clay mit zurückhaltender Stimme. Legen Sie sie in die Zellen und bedecken Sie ihre Münder mit ihren Taschentüchern. Binde sie zusammen. Stark, so stark wie du kannst. Gehen. Was Sie betrifft, wenn etwas auf der Post passiert ist, werden wir uns wiedersehen und Sie können anfangen, über die Gebete nachzudenken, die Sie kennen ... wenn Sie welche kennen, Bastard.

Zehn Minuten später waren die drei Männer gefesselt und geknebelt in den Zellen. Die beiden Gefährten öffneten die Tür. Die Straße war fast leer. Nur zwei Betrunkene taumelten über den Bürgersteig.

Ihre Pferde waren an der Bar angebunden. Sie ritten. „Komm schon", sagte Clay. Lauf, Mac. Ich habe Angst.

„Ich auch", antwortete der Schotte leise, „Ich auch.

Angespornt begannen die Pferde zu galoppieren.

* * *

Die Öllaterne glänzte über der Pfostentür. Auf den Holzstufen lag eine einsame Gestalt.

Sie stiegen ab und Clay rannte zu dem Mann. Er war einer der mexikanischen Peons und war verwundet oder tot.

Clay sprang auf seinen Körper und betrat die große Halle, Leer, aber... in welchem Zustand. Der große umgekippte Tisch, die Stühle auf dem Boden und ein Kessel mit verstreutem Essen am Eingang zur Küche.

"Ausfall!

Clay hatte geschrien, als er zur Treppe rannte.

„Beweg dich nicht", sagte eine Stimme. Bewegen Sie sich nicht, oder bei Gott, ich habe ihn getötet.

"Ausfall!

Clay hatte bei der ersten Landung angehalten. Oben auf der Treppe bewegte sich ein Gewehr im unentschlossenen Licht einer an der Wand hängenden Laterne.

Mac war der Reihe nach eingetreten. Mitten im Raum blieb er stehen.

"Sie...

Die Frau stieg eine Stufe hinab. Das Gewehr zitterte leicht in seinen Händen.

„Sally, was ist passiert?

Die Frau trat in den Lichtkegel der Laterne. Sein blondes Haar hing herunter und bedeckte einen Teil seines Gesichts. Aber er verbarg den leichten Blutstrom nicht, der seine Stirn und einen Teil seiner Wange befleckte.

„Du...", wiederholte er.

Clay machte die Schritte zwei auf einmal, gefolgt von Mac. Er hob das Gewehr auf und nahm es ihr aus der Hand.

Sally ließ sich auf einer der Stufen nieder und vergrub das Gesicht in den Händen.

„Ich dachte... sie waren es wieder.

"Bist du verletzt?

„Ich? Ich denke, es ist...

Er berührte seine Stirn mit der Hand und betrachtete sie.

„Es ist nichts... denke ich.

Clay nahm die Laterne herunter und hielt sie der Frau dicht vors Gesicht. Er schloss die Augen.

Clay untersuchte schnell die Wunde. Nur ein Schnitt.

„Gibt es mehr als das?

„Ich... nein, ich glaube nicht, obwohl... sie mich geschlagen haben.

Er öffnete die Augen.

„Die verdammten Bastarde haben mich geschlagen.

„Sally, steh auf.

"Warum...?

„Ich möchte wissen, ob sie ihm noch etwas angetan haben.

„Nein, schlag mich einfach. Sie schlugen mich mit einem Riemen auf meinem Rücken.

Clay drehte es um. Ihr Kleid war zerrissen. Man konnte die rötlichen Streifen der Schläge kreuz und quer sehen.

„Jemand wird dafür bezahlen", sagte Mac nachdenklich.

„Und ... sie haben den Indianer mitgenommen", sagte sie mit derselben farblosen Stimme.

"Wo?

„Ich weiß es nicht. Sie haben es mir nicht gesagt. Nur sie haben sie mitgenommen.

Er lehnte sich gegen das Geländer.

„Wird irgendjemand bezahlen, Mac? Wer wird dich dafür bezahlen lassen?

"Sally, hör zu...

„Wer, verdammt? Wer wird dich dafür bezahlen lassen?

Seine Stimme war zu einem Quietschen angestiegen. Clay schlug sie zweimal. Sie öffnete die Augen weit und fing plötzlich an zu weinen.

„Mac, mach dein Bett. Ich werde sie mitnehmen.

Er nahm sie in seine Arme und, geführt von Mac, erreichten sie das Schlafzimmer. Er ließ sie auf dem Bett zurück.

„Sally, kannst du mich hören?

„Ja natürlich. Es tut mir leid. Er musste schreien.

„Ich weiß. Mach dir keine Sorgen. Aber ich will jetzt keine Hysterie. Sally, wer hat es getan?

"Lane. Der Vorarbeiter von ...

„Ich kenne ihn", unterbrach Clay trocken. Ich weiß, wer dieses verdammte Schwein ist.

„Es waren er und vier seiner Männer.

Er starrte Clay an.

„Tut mir leid, Clay. Sie kamen plötzlich und schlugen meine Jungs. Dann sind sie auf den Posten gegangen und haben die Pferde erschreckt. Ich weiß nicht einmal, ob ich sie wieder zusammenbringen kann.

Er spitzte die Lippen. Clay säuberte die Wunde an seiner Stirn.

„Lane hat mir erzählt, dass das jedem passieren würde, der den verdammten Indianern hilft. Es waren seine Worte. Und dass sie ihr eine Lektion erteilen würden. Als ich versuchte, sie aufzuhalten, schlugen sie mich.

„Wer? Lane?

„Ja. Er ließ mich an zweien festhalten und schlug mich dann mit seinem Gürtel.

„Sally, war Amazees Sohn unter ihnen?

„Ich habe es nicht gesehen, Clay. Ich habe es nicht gesehen.

„Die Wunde ist nichts. Ich werde im Indianerzimmer nachsehen. Mac, gib Sally etwas Alkohol.

Nach einem Moment kam er zurück. Sein Gesicht war totenbleich.

„Sie müssen ihr wehgetan haben. Auf der Bettwäsche ist Blut.

Plötzlich schien Mac verrückt zu werden. Er hob seinen Hut auf und warf ihn zu Boden. Irgendein entfernter keltischer Vorfahr schien aus ihm hervorzugehen. Clay hatte ihn in ihrer gemeinsamen Zeit noch nie so gesehen.

„Ich werde sie töten, bei Gott im Himmel! Ich schwöre, ich werde alle verdammten Hurensöhne töten und möge Gott sie in der Hölle verdammen!

"Mac.

"Ich schwöre!

Clay nahm ihn am Arm. Er drückte hart.

„Mac, genug schon. Ich denke das gleiche wie du. Aber hör auf, verdammt! Dies ist nicht die Zeit zu schwören, sondern zu handeln. Sei ruhig jetzt!

Er wandte sich an Sally.

„Wohin hätten sie Indien führen können?

Sally zuckte mit den Schultern.

"Ich weiß nicht.

Mac zitterte immer noch. Er öffnete die Augen.

„Vielleicht weiß es jemand.

"WHO?

"Die Indianer.

„Wir mussten sie zuerst finden, Mac. Es nützt uns nichts. Aber wenn wir nicht wissen, wohin sie sie gebracht haben, wissen wir zumindest, wo wir Lane finden können. Sally, mach dich bereit. Lass uns gehen.

„Ich kann mich nicht von der Post bewegen. Am Morgen wird die Post eintreffen, um die Aufnahme zu ändern. Ich kann nicht.

Clay dachte einen Moment darüber nach.

„Einfach so können wir uns mitten in der Nacht nicht bewegen. Mal sehen, was mit den Bauern passiert ist.

Sie gingen unter. Der Mann an der Tür hatte das Bewusstsein wiedererlangt.

„Wann war das alles? fragte Clay. Wann ist es passiert?

„Vor ungefähr einer halben Stunde, Clay. Vielleicht ein bisschen mehr.

„Sie haben in dieser Zeit viel laufen können. Wie geht es dir?

Der Mann setzte sich auf. Er hatte eine Kopfverletzung.

„Ich weiß es nicht. Es tut weh.

„Eintritt.

Sie erreichten den Schuppen, in dem die Peons schliefen. Es waren nur zwei, an die Etagenbetten gefesselt und auch mit Anzeichen von Schlägen.

Als er alle im Wohnzimmer hatte, während Mac ihnen Kaffee und Whisky gab, fragte Clay:

„Weiß jemand von euch, wie man Spuren verfolgt?

Einer von ihnen nickte, während er trank.

„Ich, Herr.

„Morgen müssen wir dich vielleicht benutzen.

Der Mann verneinte.

„Es tut mir leid, Ma'am, aber... wir gehen.

„Das kannst du nicht", antwortete Sally mit zusammengekniffenen Lippen. Du kannst mich jetzt nicht so verlassen.

„Sie haben uns gesagt, dass sie uns bei ihrer nächsten Rückkehr töten würden, Ma'am. Wir bleiben nicht. Niemand wird sie stören, wenn sie Leute wie uns töten.

„Sie haben Recht", sagte Clay. Es gibt kein Gesetz, das sie schützt.

„Inzwischen werden sie den Sheriff entfesselt haben", sagte Mac. Sally sah ihn erstaunt an.

Clay erklärte es ihm in wenigen Worten.

„Aber... in diesem Fall sind Sie zu diesem Zeitpunkt außerhalb des Gesetzes.

Aber war es auch hier?

Er schlug hart auf den Tisch.

„Sally, wir werden nicht mehr streiten. Wenn die Post kommt, lassen Sie ihn damit umgehen, so gut er kann.

"Ich kann das nicht tun.

„Wir werden es morgen früh sehen. Währenddessen ruhen wir uns aus. Mac, schließ die Tür fest. Fang es. Wir werden ruhen, bis das Licht kommt. Wir können einfach nicht anders.

Er nahm Sally am Arm.

„Komm, mach dir keine Sorgen. Komm schon.

„Mach mir keine Sorgen...?

„Nun, nein", wiederholte er fest. Lass uns in sein Zimmer gehen.

Er führte sie zu ihm. An der Tür packte er sie bei den Schultern.

„Das alles tut mir leid. Es war unsere Schuld, aber wir wussten nicht, was wir mit dieser armen Kreatur anfangen sollten.

„Ich habe ihnen gesagt, sie sollen sie wegbringen... Oh, ich denke nicht daran, was diese Bestien hier getan haben. Ich denke an sie.

„Ich weiß. Aber eines sage ich dir, Sally: Das ist noch nicht vorbei. Mac sagte es schreiend und ich sagte es leise. Sie werden sich für den Rest ihres Lebens daran erinnern.

Sie holte tief Luft. Unter ihrem zerrissenen Kleid hob sich ihre Brust merklich. Es gibt Zeiten, in denen das Gewicht äußerer Umstände auf Sie wirkt und für Sie wirkt. Clay beugte sich über sie, schlang seine Arme um sie und presste seine Lippen auf ihre. Sie versuchte nicht einmal, sich zu wehren. Er reagierte auf die Umarmung und den Kuss.

Als sie sich trennten, sahen sie sich direkt in die Augen.

Geh schlafen, Sally.

* * *

Am Horizont ging die Sonne rot auf. Sehr rot, fast blutig.

Mac sah ihn mit den Augen des Mannes an, der sein ganzes Leben auf dem Land verbracht hat.

"Es wird bald ein Sturm geben", sagte er. Vormittags.

An seiner Seite. Lehm, halbnackt, im Trog gewaschen.

Die drei Peons steckten ihre Köpfe heraus.

„Wir gehen", sagten sie.

"Gehen.

"UNS...

"Geh weg.

Sie gingen weg.

„Schau", sagte Mac.

Auf der anderen Seite des Zauns stand eine Gruppe von Pferden. Sally erschien in diesem Moment an der Tür.

„Das Essen... Oh!

Er hatte die Pferde gesehen.

„Lass sie uns holen. Sie werden nicht sehr ausgeruht sein, wenn die Post eintrifft, aber ... es ist das einzige, was es geben wird.

„Komm schon, Sally, wir helfen dir.

Sie sammelten die Pferde ein und stellten sie in die Boxen. Mac hat sie schnell aufgeräumt. In dem Moment, als er ging, sahen sie den Kopf am Zaun.

„Sie sind da", sagte Sally mit leiser Stimme. Schau sie dir an, sie sind da.

Sie waren jetzt zwei Köpfe. Jede von ihnen trug eine Truthahnfeder inmitten ihres schwarzen, geflochtenen Haares.

„Mac, sag ihnen, sie sollen reinkommen.

Mac erhob seine Stimme und sagte etwas. Die beiden Indianer sprangen über den Zaun und näherten sich ihnen.

Ihre Körper waren voller Staub. Die dunkel geschminkten Gesichter. Die trüben Augen.

„Mac, erzähl ihnen, was passiert ist.

Mac sprach einige Sekunden lang. Die beiden Indianer sahen sich an. Dann holte einer von ihnen seinen Tomahawk heraus und hielt ihn in die Luft, während er etwas sang.

"Was sagt es?

„Ich weiß es nicht. Es scheint wie ein Zauberspruch, aber ich verstehe ihn nicht. Vielleicht...

Er sprach mit dem Indianer. Er schien ihn nicht zu hören, aber als Mac fertig war, antwortete er:

„Er sagt, sie werden diesen Männern folgen und sie töten.

„Nein, sag ihm nein. Sag ihnen einfach, sie sollen uns sagen, wo sie sein können. Lass sie nach ihren Fingerabdrücken suchen und lass es uns wissen, wenn sie etwas finden.

„Ton, du verstehst nicht. Sie müssen sich rächen. Es ist ihr Gesetz, wie wir auch unseres haben.

„Sprich wenigstens mit ihnen.

„Sie müssen sich rächen, Clay.

„Okay, aber sagen Sie ihnen, sie sollen nach den Fingerabdrücken suchen.

Mac sprach mit ihnen. Einer der Indianer verschwand zur Tür und begann, den Boden abzusuchen. Dann kreischte er etwas.

„Sie haben sie gefunden, Clay. Ich glaube, sie haben sie gefunden.

Clay und Sally gingen auf sie zu. Einer der Indianer zeigte mit dem Finger auf den Horizont. Richtung Berge.

„Ich verstehe", sagte Clay Bester mit zusammengebissenen Zähnen. Verstehen. Sie wollen die Beweise loswerden. Gott, jemand wird das mit Blut und Fleisch bezahlen.

"Was wirst du tun?", fragte Sally.

Clay sah sie an.

„Du kannst nicht hier bleiben, Sally, zumindest nicht allein. Und ich möchte diesen Personen folgen. Nimm den Mac mit in die Stadt.

„Warte ein bisschen, Clay", sagte Mac. Sally wird in der Stadt nicht sicherer sein als hier. Denken Sie an den Sheriff. Es ist nach LA verkauft. Sie werden einen Weg finden... sie zu schubsen. Sie können sogar in Gefahr sein.

"Warte 'beide'", sagte Sally, ihr Gesicht war vor Wut gerötet. Du redest, als ob ich nicht vor dir stehe oder sage, was ich will. Ich betreibe die Stelle seit dem Tod meines Vaters und werde sie nicht verlassen. Es nährt mich und ich mag es.

Clay sah sie an.

„Hör zu. Wenn der Posten nicht besucht wird, weil du angegriffen wurdest, muss jemand etwas tun, oder? Es wird sich verheddern, es wird Proteste geben, es wird Ärger geben.

Mac öffnete den Mund.

„Verdammt, es ist eine Idee.

„Aber..." Sally war einen Moment nachdenklich. „Ja, die Übersee wird etwas unternehmen müssen. Die Inspektoren kommen jeden Monat hierher und einige zweimal im Monat. Ja, das stimmt.

„Ihr habt keine Bauern mehr. Sie können nicht anders. Lassen Sie die Übersee einen Teil von LA beanspruchen. Und wir werden ihn für den anderen beanspruchen.

Er streckte sich, als er die Indianer ansah, die sich als Gruppe berieten.

„Mac, frag sie, was sie tun werden.

Mac gehorchte. Er wandte sich an Clay.

„Sie sagen, sie werden ihnen folgen, bis sie sie finden.

„Mac, ich werde mit ihnen gehen. Du bleibst bei Sally und wenn jemand kommt... lass ihn erschießen. Sie haben verstanden?

"Aber mit den Roten kommst du nicht zurecht...

„Egal. Tu, was ich sage. Sag ihnen, dass ich mit ihnen gehe.

KAPITEL VII

Den ganzen Morgen waren Sally und Mac sehr damit beschäftigt, die Postreisenden zu beruhigen. Er konnte endlich aussteigen, aber Sally sagte der Postillion, sie solle den Überseeinspektor in Tucson warnen, dass es keine Arbeiter gebe, weil der Posten ausgeraubt und die Angestellten entlassen worden seien.

Dann warteten sie. Mac hatte mit dem Gewehr in der Hand auf dem Dach des Hauses gekauert.

Um drei Uhr nachmittags sahen sie die einsame Gestalt sich dem Schritt des Pferdes nähern.

„Sally", sagte Mac. Es ist Lehm.

Das Mädchen öffnete die Tür und überquerte den Hof. Am Eingang wartete er.

Ton kam auf sie zu. Sein Kopf war an seine Brust gesenkt. Erst als er neben dem Mädchen war, hob er die Augen.

„Und...", sagte Sally.

"Tot" war die Antwort.

Sally hob langsam die Hand vors Gesicht.

„Tot? Hast du ...?

„Ein Schuss.

„Passiert. Du wirst hungrig sein.

"Nicht.

„Aber du musst essen. Komm, ich habe etwas für dich vorbereitet.

Clay stieg ab und schlug dem Pferd auf den Hintern.

Mac war herabgestiegen. Ein einziger Blick in Clays Gesicht ließ ihn den Mund schließen, den er bereits geöffnet hatte, um zu fragen:

Clay setzte sich an den Tisch. Sally stellte ihm einen Teller hin.

"Ich habe nicht...

"Essen.

Clay begann schweigend zu essen. Die anderen beiden warteten.

„Verdammt", sagte der Arzt plötzlich. Fluch.

„Schrei", riet ihm Mac.

„Es ist nicht nötig, Mac. Ich halte mich zurück und kann es schaffen.

Er hob die Augen.

„Sie haben ihr in die Brust geschossen und sie auf einem Stein zurückgelassen. Damit ist so einfach ein junges Leben ausgelöscht.

Er griff in seine Westentasche und zog etwas heraus, das er in seiner Faust versteckt hielt.

Sally hatte den Kopf gesenkt. Mac murmelte leise vor sich hin, als würde er beten oder fluchen.

Clay stand auf.

Dann öffnete er seine Hand und legte etwas auf den Tisch.

Es war ein Stück Blei, das an der Spitze abgeflacht war. Eine Kugel.

"Sie ist diejenige, die sie getötet hat", sagte er. Und mit ihr ... Sally, hast du was zu trinken?

"Ja.

Es hat gedient.

Und die Indianer? Fragte Mac.

„Sie haben die Leiche genommen. Ich weiß nicht, was sie tun werden. Ich wünschte, du wärst da, Mac, aber das musst du nicht wirklich. Jetzt weiß ich, was ich tun werde. Kann ich mich eine Weile hinlegen?

"Kommen Sie.

Sally führte ihn in eines der Zimmer. Clay warf sich aufs Bett, ohne auch nur seine Stiefel auszuziehen.

„Sag Mac, wenn mich jemand weckt. Ich möchte bis in die Nacht schlafen.

Sally starrte ihn an. Dann, als sie sah, wie er die Augen schloss, ging sie zur Tür. Einmal drin drehte er sich wieder um.

* * *

Clay kam herunter, als es schon dunkel war. Er ging auf die Terrasse und drehte sich eine Zigarette. Neben ihm tauchte ein Schatten auf.

„Was wirst du tun, Ton?

„Finde den Mann, der es getan hat. Der alte Indianer hat etwas gesagt, der Vater des Mädchens. Du erinnerst dich?

„Nicht. Ich glaube nicht...

„Ein Taschentuch, Sally. Ein gelber Schal. Jemand hat einen und dieser Jemand hat es getan.

„Verstehe. Und später...

"Ich weiß nicht.

Er legte der Frau einen Arm um die Schultern.

„Sally, alles, was dir wegen uns passiert ist, tut mir leid.

„Ach, lass es.

Sie waren sich sehr nahe. Der starke Duft von blühendem Salbei stieg von der Wiese auf.

Sie hob das Gesicht. Clay beugte sich hinunter und küsste sie.

* * *

Das Morgenlicht strömte bereits durch das Fenster. Draußen hörten sie Macs schwere Schritte.

„Was machst du hier?", fragte sie mit leiser Stimme. Warum ist ein Mann wie du hier und jagt in Gesellschaft dieses alten Hooligans einem Phantomgold hinterher? Oder... vielleicht sollte ich... nichts fragen?

„Nun ja. Sie können fragen. Ich bin aus dem Osten gekommen und habe versucht, etwas zu vergessen, was dort passiert ist.

„Irgendetwas oder jemand?

"Jemand.

"Eine Frau?

Sie hat nachgeschaut. Dann erschien ein langsames Lächeln auf seinen Lippen.

„Nein, ein Kind. Mein Bruder. Er wurde krank und ich wollte mich um ihn kümmern. Ich wollte nicht, dass er ins Krankenhaus kommt.

Einige Kollegen sagten mir, dass ich es nicht alleine retten könnte. .. es starb.

"Es tut mir leid.

„Sie sagten mir, ich sei nicht schuld, aber ... als ich das nächste Mal ein Kind in mein Büro brachte, verstand ich, dass ich nichts für ihn tun konnte. Ich konnte einfach nicht. Es überstieg meine Kraft. Jedes Mal, wenn ich ihn ansah, kam das Gesicht meines Bruders zwischen ihn und mich.

Er stoppte.

"Und das ist es.

Sie atmete schwer.

„Es tut mir leid. Aber haben Sie sich entschieden, Ihren Beruf aufzugeben?

„Ich hatte mich entschieden, bis ich das arme Mädchen sah. Dann weiß ich es nicht. Ich weiß nicht, verstehst du?

„Ja", flüsterte sie. Und jetzt denke ich, wir sollten aufstehen. Mac muss sich fragen, wo wir sind.

„Fragen Sie ihn ... wenn er es tut.

Mac wartete an der Tür auf sie. Die Eier und der Schinken waren bereits gebraten und der Geruch durchdrang den Raum.

Er sah sie nicht einmal an. Er stellte nur das Geschirr vor sie. Lehm lächelte.

„Gut", sagte Mac, als er sich setzte. Was denkst du zu tun?

„Zuallererst, bist du noch bei mir?

Mac griff sein Essen an.

„Ich sage Dinge nicht mehr als einmal. Ich habe dir schonmal gesagt. Aber ich werde Ihnen eine Klarstellung machen: Gold existiert. Es wartet auf uns. Diesmal irre ich mich nicht, Sally, sieh mich nicht so an.

„Es kann warten", sagte Clay.

„Wie Sie wollen. Wir sind Partner. Das wollte ich Ihnen nur klar machen. Und jetzt ... sprechen Sie.

„Hör zu, ihr beide. Ich suche den blonden Mann, der einen gelben Schal um den Hals trägt. Du und ich, Mac, wir wissen, wo es ist. Auf der Ranch in LA Also werden wir ihn dort suchen. Und wenn ich ihn finde, werde ich ihn den Sohn einer sehr großen Hündin nennen und ihn töten.

„Verzeihen Sie. Sie werden ihn nicht töten, bevor ich ein paar Worte mit ihm gesprochen habe.

„Es spielt keine Rolle. Früher oder später ... werde ich ihn töten.

„Ein Arzt rettet Leben, er tötet sie nicht", sagte Sally plötzlich.

„Nun, vor dir hast du einen, der mindestens ein Leben beenden wird.

Die Antwort war in einem brutalen Ton gegeben worden. Sally öffnete ihren Mund und schloss ihn wieder.

„Ein Leben im Chat endet nicht", sagte Mac schimpfend.

„Ich weiß. Und so...

Draußen war ein Geschrei.

„Es ist einer unserer Esel", sagte Mac und stand auf. Jemand kommt.

Er ging zur Tür und öffnete sie, spähte aber nicht ganz heraus.

„Ja", sagte er. Jemand kommt. Ton, komm schon.

Clay ging auf ihn zu.

Ganz nah am Zaun des Pfostens stand eine Gruppe von Männern.

Clays Gesicht war todernst, als er den Revolver herauszog.

„Warte", sagte Mac langsam. Ich gehe mit dem Gewehr nach oben. Und du solltest besser die Tür schließen und drinnen warten. Ob Sie es glauben oder nicht, es gibt Tob Amazee und einige seiner Männer.

Er hob das Gewehr auf und ging zur Treppe.

Die Männer hatten die Terrassentür erreicht, den Bühneneingang.

Vor ihnen saß ein Mann in einer schicken Weste, der auf einem weißen Pferd mit langer Mähne ritt.

„Sally! Er schrie, als er an den Zügeln zog.

„Antworte nicht", befahl Clay.

Sally antwortete nicht. Er war zur Wand gegangen und hatte eines der Gewehre abgenommen.

„Sally, wir wissen, dass du da bist! Salz!

Die junge Frau reichte Clay das Gewehr. Dann holte er einen anderen für sie.

„Willst du nicht raus? Nun, wir gehen rein. Ich möchte mit dir reden.

Clay überprüfte, ob das Gewehr geladen war. Es war ein "Winchester" und sah in einem sehr guten Zustand aus. Er wartete noch fast eine Minute. Mac muss es inzwischen aufs Dach und aus der Luke geschafft haben.

Dann öffnete er die Tür und stand mit weit gespreizten Beinen im Türrahmen, das Gewehr in der Hand. Der Arm, gebeugt.

„Ja?", frage ich.

Tob Amazee legte die Hand an den Kopf und hob seinen flachen Zylinder leicht.

„Du, Matasanos?

Clay antwortete nicht. Die Spitze des Gewehrs wurde leicht angehoben.

Was zur Hölle machst du hier?

Clay antwortete nicht. Ich erwartete.

„Willst du nicht antworten? Nun, ich gehe rein.

Clay antwortete nicht.

„Komm, antworte! Ich gehe rein.

„Komm rein, Tob", sagte Sally hinter Clay. Worauf wartest du?

„Warte eine Minute", sagte Clay. Ist Lane bei dir, Amazee?

„Nein, töte uns.

„Na dann komm rein, Schwein.

Es herrschte Stille.

„Was hast du gesagt?", fragte Tob mit weißer Stimme.

„Ich sagte, komm rein, Schwein. Du denkst, ich bin ein Gauner. Ich denke, du bist ein Schwein und ein Raufbold und einige andere

Dinge, die ich verschweige, weil eine Dame vor dir steht. Jetzt komm rein, kleiner Mann. Ich habe es einmal getroffen. Anscheinend hat er nicht genug und kommt zurück, um mehr zu bekommen. Nach Ihrem Geschmack. Ich habe einige Männer kennengelernt, die es mögen, geschlagen zu werden. Komm rein, Schweinchen, Kleines.

Einer der Männer sprach.

„Ignorier es, Tob. Es fordert dich heraus. Da ist ein Mann auf dem Dach und er hat ein Gewehr.

Tob hob den Kopf.

„Was hast du erwartet? fragte Clay. Wieder eine einsame Frau und verängstigte Bauern zu finden? Komm schon, komm sofort rein, Arschloch!

"Du", sagte Tob langsam, "du bist schon tot, Mann."

„Ein Toter würde es dort nicht festnageln lassen, Dummkopf. Und jetzt treten sie entweder ein oder sie gehen den Weg, den sie gekommen sind. Aber wenn du Sally wiedersehen willst, nachdem du sie mit der Leine geschlagen hast, komm rein.

„Ich habe Sally nicht geschlagen.

„Seine Männer... nun, diese Schweine haben es getan. Das ist egal.

Dann rief er plötzlich:

„Komm, komm sofort rein, du dreckiger Feigling, du Bastard! Sein alter Herr hätte es schon getan.

"Ich gehe rein. Und du wirst nicht ...

„Drohe nicht, Schwein! Handeln Sie! Zwischen.

Einer der Männer hinter Tob senkte die Hand auf sein Bein. Das Gewehr wurde wieder angehoben.

„Du hast es gewollt.

Und erschossen. Die Kugel ging zwischen den Ohren des Pferdes hindurch und traf den Mann in die Brust.

Er fiel zu Boden und hockte. Macs Stimme war von oben perfekt zu hören.

„Ich habe sie abgedeckt, Clay.

Lehm lächelte. Rauch stieg in die stille Luft auf.

„Tob, gehst du rein oder nicht? Aber wenn er jetzt nicht reinkommt, sage ich überall, er ist Mann genug, um eine Frau zu schlagen, aber nicht genug, um sich gegen einen Hosenträger zu behaupten.

Tob stieg langsam ab. Sein Gesicht war blass.

„Sagen Sie Ihren Männern, sie sollen still bleiben, Tob. Sie werden von zwei Gewehren gedeckt.

„Das ist es wert.

„Warte und du wirst es bald herausfinden, Tob. Wir warten darauf.

Tob konnte nicht anders. Er ging auf das Haus zu und überquerte den großen Hof.

Clay trat beiseite, ein schiefes Lächeln auf den Lippen.

„Drinnen, Tob, einsamer Schwanz. Lass uns hineingehen.

Tob ging an ihr vorbei. Fahl, mit zusammengebissenen Zähnen.

„Mac! Wenn einer von ihnen die geringste Bewegung macht, schieße. Töte die verdammten gelben Hunde!

„Du", sagte Tob.

„Komm schon, hör auf mit dem Unsinn. Auf einmal passieren.

Draußen waren einige Stimmen zu hören.

„Sie werden dir nichts nützen, Tob. Sie sind gut abgedeckt. Und nun...

Sally stand am Tisch. Er hatte auch das Gewehr in der Hand.

„Stimmt es, dass du geschlagen wurdest, Sally? Fragte der Junge.

„Willst du die Zeichen sehen?

"Ich habe es nicht getan.

„Ihr kleiner Freund Lane hat es getan.

„Derselbe", sagte Clay langsam, „der das Indianermädchen getötet hat. Oder zumindest hat es jemand auf seinen Befehl getan, Tob.

Tob drehte sich zu ihm um.

„Was sagt er über Indien?

„Ah, aber weißt du das nicht? Nimm deinen Revolver ab, Amazee. Lass ihn auf den Boden fallen.

"Niemand befiehlt mir, tötet ...

Clay hob das Gewehr und hielt es an seine Kehle. Er drückte hart und der Kopf des Jungen zuckte zurück. Er wich zurück und stolperte über einen Stuhl.

„Halt die Klappe, Schwein", sagte Clay mit leiser, angespannter Stimme. Halt die Klappe und wiederhole dieses Wort nicht noch einmal. Sie haben es bereits getragen.

Er legte das Gewehr nieder und schlug dem anderen über den Mund ins Gesicht.

Tob grunzte und griff nach dem Revolver.

Sally konnte sich nicht erinnern, so etwas gesehen zu haben. Es war, als ob plötzlich ein Taifun auf den Jungen niedergegangen wäre.

Lehm traf ihn in Bauch, Gesicht und Ohren. Eine komplette Serie, die die andere wie ein Klotz mitten im Raum umstürzte.

Dann beugte sich Clay über ihn, entwaffnete ihn, zog ihn auf die Füße und hielt ihn am Hemdkragen fest.

„Ich habe eine Kugel für dich auf Lager", sagte er und legte sein Gesicht ganz nah an ihres. Dieselbe Kugel, die das indische Mädchen tötete. Ich behalte es, um es in das Herz des Bastards zu stecken, der es getan hat. Und nun...

Ein Schuss krachte über ihren Köpfen.

„Anderer! Heulender Mac. Komm schon, du widerlicher, geh schon wieder!

Tob öffnete die Augen.

„Ich habe keinen Indianer getötet.

„Du hast sie vergewaltigt.

"Ich habe das nicht getan.

"Also wer?

"Ich weiß es nicht. Und wenn du deinen Revolver nimmst ...

„Und du deins? Amazee, bring mich nicht zum Lachen. Warum will ich einen Revolver, wenn ich ihn auf den Knien habe? Und nun, Bastard, wer hat der Inderin das angetan?

"Ich weiß nicht.

„Warst du es nicht? Oder hast du Angst, es zu sagen? Es gibt Dinge, die getan, aber nicht diskutiert werden, außer in einer Bar und unter Freunden, oder?

"Ich habe es nicht gemacht.

Clay presste den Mund zusammen.

„Sally, bist du stark?

„Das bin ich, Ton.

„Ich werde etwas Druck auf diesen tapferen Hahn ausüben. Ich werde es auf diesem Tisch ausbreiten und einige der Instrumente verwenden, die wir Matasanos verwenden. Hast du schon von Skalpellen gehört, Raufbold?

Es traf ihn in den Mund.

„Antworten Sie, wenn ich mit Ihnen spreche. Noch nie davon gehört? Es sind Messer, die so scharf sind wie die der Indianer zum Skalpellieren zurück, bis das Fleisch entblößt ist Und das alles, ohne dich zu töten.

„Die sechste Kugel", sagte Sally plötzlich. „Die sechste Kugel, die Lowrie Bliss getötet hat. Erinnerst du dich an sie, Tob?

Ein neuer Ausdruck erschien in den Augen des Jungen. Ton konnte sich in seiner Bedeutung nicht irren. Es war Angst, echte Angst.

„Sally, ich habe Lowrie nicht getötet ...

Clays Faust schlug gegen sein Kinn.

Tob fiel zu Boden, seine Augen rollten. Clay beugte sich mit dem Gewehr in der Hand aus der Tür.

"Ihr.

Es waren noch drei Männer übrig. Die drei stehen still, auf ihren Pferden, an der Terrassentür.

„Und nimm deine Hüte ab.

Alle drei Männer brüllten gleichzeitig. Ein Cowboy kann ganz nackt sein, aber er behält seine Stiefel und seinen Hut.

„Und lass deine Waffen auf den Boden fallen! Komm schon, Mac, wenn nicht, fang an zu schießen!

Langsam, knurrend Flüche und Flüche, begannen die drei Männer zu gehorchen. Einen Moment später lagen die Waffen am Boden.

„Schieß sie weg!

Sie haben es geschafft. Sie wussten, wann sie nicht ungehorsam sein sollten. Ein Gewehr war auf sie gerichtet, und ihr Chef war im Haus und in Clays Besitz. Sie hatten keine andere Wahl, als dies zu tun.

Clay ging hinaus, sammelte die Waffen ein und trug sie zurück ins Haus. Der Junge begann das Bewusstsein wiederzuerlangen.

KAPITEL VIII

Clay packte ihn am Revers, hob ihn auf die Füße und führte ihn zum Tisch. Sally fegte mit einer schnellen Bewegung alle Dinge weg, die bei ihr waren.

Tob sah die beiden abwechselnd an. Was er in den Augen der anderen sah, reizte ihn.

„Du kannst mich nicht kreuzigen. Sie können nicht!

„Nicht? Du wirst es sehen, du dreckiger Raufbold. Jetzt hast du keinen Daddy, der dich verteidigt, huh? Hast du deinen Mut verloren?

„Ich habe sie nicht verloren. Aber ich habe nicht getan, was Sie sagen, ich habe getan.

Er versuchte ruhig zu sprechen, aber in seinen Augen war Angst zu sehen. Er schluckte häufig und sein Teint war gelblich.

„Jemand hat sie für Sie gemacht oder Ihre Befehle ausgeführt. Wo ist Lane?

„Ich weiß es nicht. Wort weiß ich nicht. Er hat allein gehandelt.

„Du hast Lowrie von hinten getötet“, sagte Sally.

„Das stimmt nicht, Lowrie hat mir den Rücken gekehrt...

„Du lügst, Schwein. Mach schon, Clay, warum gehst du nicht ...?

„Antworte ein für alle Mal, Schwein. Aber ich will keine Ausflüchte mehr. Antworten. Haben Sie das mit der Inderin gemacht?

"Nicht.

Die Antwort war schnell aus ihrem Mund geflossen, aber sie hatte den Blick von Clays, als sie antwortete, abgewendet, und Bester bemerkte es.

"Du gingst.

„Nicht. Es war Lane.

Und du wusstest es. Warst du dort

„Nicht. Lane hat es mir später erzählt.

„Zumindest“, sagte Clay, ich weiß, dass er derjenige war, der sie von hier weggebracht und getötet hat. Wo ist dein gelber Schal?

„Ich habe keine... Hey, Doc, Lane hat eine. Wort. Hat es. Ich habe es oft gesehen.

„Also war es Lane.

„Ich... habe ihm gesagt, dass er falsch gehandelt hat.

Clay schlug ihn wieder mit angewidertem Gesicht.

„Und oben, Feigling. Und das war der Superman, von dem mir alle erzählt haben?

„Ich sehe es und ich möchte etwas zurückgeben.

„Was wirst du mit mir machen?", fragte Tob.

Clay drehte sich zu ihm um.

„Sie werden es gleich sehen.

Er nahm ihren Gürtel ab und fesselte ihre Hände damit auf dem Rücken. Er drückte gut, wollte weh tun.

Dann trug er es auf den Hof hinaus.

"Männer!

Die drei warteten mit erhobenen Köpfen mitten im Hof.

„Tob, geht es dir gut? Fragte einer von ihnen.

"Wenigstens lebt er", antwortete Clay.

„Wenn Mr. Amazee sieht, was er mit seinem Sohn gemacht hat, werden Sie nicht wissen, wohin Sie gehen sollen", antwortete derselbe Mann.

„Warte, bis du weißt, was ich tun werde.

»Sie werden nicht daran denken, mich umzubringen, Doc.

„Ich werde ihm eine Waffe in die Hand nehmen und eine andere nehmen. Und möge derjenige, der den anderen tötet, früher gewinnen.

Tobs Augen lassen eine kleine bläuliche Flamme vorbeiziehen. Hoffnung kehrte zu ihm zurück.

„Du denkst, du bist sehr gut im Umgang mit Waffen, oder?

Tob antwortete nicht. Er wollte nicht den Vorteil verlieren, den er sich vorstellte. Er wollte diesen Dämon nicht irritieren.

"Aber vorher...

Er wandte sich an die drei verbliebenen Männer.

„Einer von Ihnen wird Mr. Amazee suchen und ihm sagen, dass ich seinen Welpen in meinem Besitz habe. Und wenn du es zurückhaben willst, musst du mich Lane übergeben.

Tob schluckte wieder.

„Hey, hör zu, ich denke, wir können das besser beheben...

Clay schlug ihm lässig auf den Mund. Wieder spritzte Blut aus den Lippen des jungen Mannes.

„Sprich, wenn ich es erlaube, Küken. Komm schon, verlost unter euch, wer mit dieser Botschaft ins alte LA geht. Und ich hoffe, sie mögen die östlichen Könige nicht: Sie haben die Überbringer schlechter Nachrichten getötet.

Er wandte sich wieder dem Haus zu.

„Mac, komm runter. Du musst hier unten etwas tun.

Als der andere auf die Terrasse kam:

„Fesseln Sie diese Typen und bringen Sie sie ins Haus. Binde sie alle zusammen. Und gut.

„Keine Sorge, Junge, ich weiß, wie man ein paar Knoten macht, die sich nicht lösen.

„Nun... lass es uns tun!

Er legte seinen Arm um Sallys Schulter. Sie hob den Kopf zu ihm.

„Du bist ... ein Dämon", sagte er mit einiger Angst. Ein wahrer Dämon.

„Mach dir keine Sorgen. Ich bin nicht immer.

Die Männer wurden nach einem Moment in eine Gruppe gefesselt. Nur einer von ihnen war frei von Ligaturen. Clay sah ihn an.

„Und jetzt geh zu deinem Meister und erzähle ihm, was passiert ist. Das hier ist dein Sohn. Und wenn er so tut, als ... schau dir genau an, was ich sage: Wenn er etwas gegen uns will, wird sein Sohn sterben.

„Ja", sagte der Mann und schluckte schwer.

„Nun... lauf, verdammt! Lauf und hör nicht auf.

Der Mann gehorchte.

Der Inspektor aus Übersee traf um zwei Uhr nachmittags auf einem Pferd ein. Sally wartete am Posteingang auf ihn.

„Sally, was zum Teufel...?

Komm rein, Hough. Ich werde es dir erzählen.

Der Inspektor war ein grauhaariger Mann, aber nicht alt.

Er betrachtete die Gefangenen, die in der Ecke gefesselt waren. Er hob eine Augenbraue.

„Sally, die...? Ist einer von ihnen nicht der Sohn der alten Amazee?

„Das gleiche. Setz dich. Ich mache dir etwas zu essen.

„Sie selbst? Und die Chinesen?

„Er hat das gleiche hinterlassen wie die anderen. Sie wurden geschlagen und ich selbst... schau.

Sie zog ihre Bluse von ihrer linken Schulter. Hugh starrte auf die Striemen.

„Das war? Er zeigte auf Tob.

»Ihr Aufseher, Lanes dreckiges Biest.

„Ich glaube, ich kenne ihn. Okay, Sally, es muss etwas getan werden.

Clay und Mac waren gerade auf der Treppe aufgetaucht.

„Hough, das sind die Männer, die mir geholfen haben. Und jetzt lass es mich erklären.

Hough schüttelte beiden Männern die Hand. Dann setzte er sich. Sally stellte das Essen auf einen Teller und während sie es aß, erklärte sie alles.

Als er fertig war, nickte der Inspektor.

»Ich verstehe, dass Sie nichts anderes tun konnten, Sally, aber vielleicht hätten Sie die Inderin nicht auf den Posten zulassen sollen.

„Meinen Sie das, Herr? sagte Clay durch zusammengebissene Zähne.

Der Inspektor hob die Hand.

„Warten Sie, Herr Doktor. Ich spreche aus der Sicht der Übersee. Das werden sie sagen. Bitte haben Sie Verständnis, dass dies nicht meine persönliche Meinung ist.

„Also verstehe ich es.

„Nun, jetzt müssen wir sehen, was wir mit der Post machen. Die nächste Fahrt ist um sechs Uhr nachmittags, oder? Sie haben Pferde?

„Ich habe sie. Die von denen, die da sind, zusätzlich zu denen, die ich noch habe.

„Die Übersee könnte des Schußraubs beschuldigt werden.

„Wenn Sie in Ihrem Bericht sagen, was passiert ist, werden die Überseeleute sehr dumm sein, wenn sie es nicht verstehen.

„Ich sagte, sie könnten angeklagt werden, nicht dass sie es nicht verstehen. Nun, ob sie es tun oder nicht, ich bin dafür verantwortlich, zu sagen, was im Notfall zu tun ist. Und wir werden diese Pferde benutzen, denn dies ist ein Notfall.

Er lehnte sich in seinem Stuhl zurück und zündete sich eine Zigarette an.

„Ich werde mich mit den Mandarinen der Übersee verstehen. Und ich werde deine Beschwerde einreichen, Sally. Gegen eine bestimmte Lane, oder?

„Stimmt, Hough. Und drei weitere Männer.

„Stimmt. Kennst du ihre Namen?

„Einer von ihnen heißt Tom und ein anderer heißt Spider. Das dritte kannte ich nur vom Sehen. Ich kenne ihre Namen nicht.

"Bereits.

Er nahm die Hand des Mädchens.

"Tut mir leid, Mädchen. Aber keine Sorge. Die Übersee hat lange Hände. Und viel Kraft. Auch wenn dein Leben hier unmöglich wird, wir werden einen anderen Platz für dich finden. Du bist ein guter Postmanager, und wir sind es nicht so überladen mit ehrlichen Managern.

„Danke, Hugh, aber ich würde gerne hierbleiben.

„Darüber können wir später reden", sagte Clay plötzlich. Sie wandten sich an ihn.

„Ja, Doktor?

"Wir werden später reden.

„Und in der Zwischenzeit kommt die nächste Reise. Wir kümmern uns um Sie, sofern nichts anderes vorliegt. Ich habe in Tucson schon gesagt, dass ich neue Bauern schicken soll. Aber diesmal werden es bewaffnete Männer sein, Bürgerwehren der Kompanie, die sich von diesen Kerlen nicht einschüchtern lassen. Morgen werde ich mit der alten Amazee reden.

„Also das?", fragte Clay.

„Wie? Entschuldigen Sie, Doktor, ich verstehe nicht. Ich muss mit ihm darüber reden, was hier passiert ist.

„Dafür brauchst du nicht auf die Ranch zu gehen. Amazee wird hierher kommen, wenn sie erfährt, dass wir ihren kleinen Jungen entführt haben.

„Ich kann nicht still sein, solange es kommt oder nicht kommt.

„Es wird kommen, keine Sorge. Du kannst deinen Sohn nicht hier lassen. Weil...

Er stoppte.

„Er weiß, dass ich bereit bin, ihn zu töten, wenn er nicht kommt.

»Verstehen Sie. Aber ich kann so etwas nicht tun. Die Inspektoren aus Übersee haben gewissermaßen eine offizielle Position. Wir können sogar als vereidigte Gerichtsvollzieher fungieren.

„Das ist dein Ding, Hough. Stattdessen weiß ich, was ich tun möchte.

„Ich würde es nicht raten, Doktor.

„Dann berate mich nicht.

Für einen Moment wurde die Atmosphäre angespannt.

Es war Sally, die Öl in die Wellen goss.

„Wir können noch ein bisschen warten, bis die Reise kommt, oder? Später werden wir über all das sprechen.

"Für mich zugestimmt", sagte der Inspektor. Die sendenden Männer werden morgen früh hier eintreffen. In der Zwischenzeit bereiten wir den Empfang für die nächste Reise vor.

Die Erleichterung war kaum ein Zwischenfall. Der Führer protestierte ein wenig darüber, dass ihm nicht gezogene Pferde zur Verfügung gestellt wurden, aber als Hough erklärte, was passiert war, verstummte er.

Dann waren sie wieder allein. Hough zündete sich eine Zigarette an.

„Hören Sie, Doktor. Es tut mir leid, ich werde es Ihnen sagen, aber ich habe keine andere Wahl, als es zu tun. Die Männer, die auf dem Weg dorthin kommen, tun es, um ausschließlich die Interessen der Übersee zu verteidigen.

Clay sah ihn ernst an.

„Ich habe dich nicht um Hilfe gebeten, Hough. Ich glaube, ich habe bisher gezeigt, dass ich zumindest weiß, wie man mit mir selbst umgeht... nun, mit Mac.

„Ich weiß, und das meine ich nicht. Ich meine, ich persönlich finde, Sie haben es gut gemacht, und Sally hat es genauso gemacht. Aber ich konnte die Mandarinen der Übersee nie davon überzeugen, dass ihre Männer unsere Ansichten verteidigen sollten. Wenn also der Posten oder Sally angegriffen wird, werden diese Männer zu den Waffen greifen.

„Niemand hat dich um etwas anderes gebeten, Hough", wiederholte Clay mit derselben Intonation. Und wenn Sie denken, dass wir der Post im Weg stehen oder mit unserer Anwesenheit dort Zwischenfälle verursachen könnten, werden wir sofort gehen. Ich wollte nur verhindern, dass Sally etwas zustößt.

„Ich habe dir gesagt, dass ich es verstehe, oder?

Dann ging er nach draußen, um zu rauchen. Sally wandte sich an Clay.

„Das hättest du ihm nicht sagen sollen. Er ist einer der besten und ehrlichsten Männer, die es gibt.

„Das ist mir jetzt egal. Ich habe vor zu gehen.

„Und... wohin gehst du? Auf der Suche nach dem Gold?

„Nein, bis ich fertig bin, was mich hierher gebracht hat. Nein, bis ich mit dieser verdammten Amazee und seinen Schergen fertig bin. Nein, bis ...

Dann nahm er sie in die Arme und drückte sie.

"Verstehst du?

„Y...?", sagte sie." Wenn du fertig bist, gehst du, richtig?

"Ja.

„Ich schätze... du interessierst dich nicht für mich.

Clay antwortete nicht. Er sah sie nur an.

"Ja oder Nein?

„Du weißt es. Ja.

„Aber du wirst weggehen.

"Ja.

„Verstehe. Alles war ... ein Kapitel. Ich denke, es geht so.

Clay zündete sich eine Zigarette an.

Komm mit, Sally.

"Mich...?

Sie legte ihre Hand auf ihre Brust und ließ sie dann fallen. Sein Gesicht war blass.

„Du meinst, ich gehe mit dir wie ...?

Wie meine Frau.

Sie zwang sich zu einem Lächeln.

"Herr, so viel Ehre ...

„Halt die Klappe. Geh nicht diesen Weg hinunter.

„Wie soll ich reagieren? In deine Arme fallen?

"Du bist schon gefallen" war die Antwort. Sie schloss die Augen.

„Ton", sagte er schließlich. Es gibt andere Möglichkeiten, eine Frau zu fragen ...

„Ich habe keine Zeit. Komm mit.

„Mal sehen, ob wir vernünftig sprechen können. Warum bleibst du nicht?

„In den Ländern, die der alte Häuptling beherrscht? Noch nie.

„Ton, ich...

„Antworten Sie mir jetzt nicht, ja? Tun Sie es, wenn alles vorbei ist.

„Was ist, wenn du derjenige bist, der endet?

Lehm zuckte mit den Schultern. Es gab keine Antwort. Sie verschränkte und verschränkte die Arme vor der Brust.

„Okay, dann frag mich.

„Ich werde es tun. Zwischen dieser Inderin und Ihnen haben... wir könnten sagen, dass Sie den Wunsch geweckt haben, wieder in mir zu leben. Zu leben und zu arbeiten.

„Was ist mit dem Gold, Clay?

„Oh, das Gold. Ich helfe dem guten alten Mac, es zu finden und wegzunehmen. Er hat es sich verdient, nachdem er so viele Jahre für ihn gekämpft hat. Ich will es nicht und ich hoffe, du auch nicht.

„Für mich... Frag mich später, Clay. Oder ... lass die Sache fallen und los geht's. Sie sehen "er lächelte sanft." Ich antworte dir jetzt.

„Ich werde es nicht aufgeben. Würden Sie das Gleiche von mir denken, wenn ich es täte?

„Ich weiß es nicht, ich weiß es nicht. Frag mich nicht. Ich möchte, dass du tust, was du tun willst, nicht was ich will.

"Dann...

Hough fand sie umarmt. Er hustete diskret.

„Ich denke", sagte er, dass die Ereignisse näher rückten.

KAPITEL IX

Es schien, als würde sich die Szene immer wieder wiederholen. Als Clay aus der Tür spähte, sah er eine Gruppe von Reitern auf den Pfosten zurücken. An der Tür zum Postkutschenhof hielten sie an.

Clay zählte sie schnell. Es waren nicht weniger als fünfzehn.

"Mac.

„Ja, Clay. Ich gehe aufs Dach.

„Hast?

„Keine Sorge, Doktor. Ich bin hier.

„Sie kommen für uns.

„Lassen Sie mich sprechen. Ich bin in dem, was wir meine Grundstücke nennen könnten.

„Im Moment habe ich die Kontrolle, Hough. Willst du mich von hinten angreifen?

"Nein, natürlich nicht. Ich möchte Sie nur warnen, dass ...

„Ja, Übersee und so. Ich weiß es schon. Im Moment bin ich derjenige, der hier die Befehle erteilt.

Hough schwieg. Ob er zustimmte oder nicht, das war Clay jetzt egal.

Dann löste sich ein Mann von der Gruppe und trat in den großen Hof vor.

Clay schätzte die Situation schnell ein. Alle Neuankömmlinge waren mit Gewehren bewaffnet und trugen sie nicht in ihren Bunkern, sondern in ihren Händen.

Er erkannte perfekt die große Statur und Masse des Reiters, der sich gerade von den anderen getrennt hatte. L.A. persönlich.

Er lächelte, gerade als der alte Mann seine Stimme erhob.

„Doktor! Raus.

Clay tauchte an der Tür auf. Das Gewehr in der Hand, das unter der Achselhöhle gehalten wird, zeigt nach vorne.

„Hier, Amazee.

„Ist mein Sohn da drin?

„Ja, ist hier.

"Ich will es sehen!

Kommen Sie und sehen Sie.

„Ich werde nicht in eine Falle tappen. Entfernen Sie es. Lassen Sie mich es sehen.

Clay ging ins Haus, hob den Jungen auf und führte ihn zur Tür.

„Hier ist es, Amazee.

Er hatte Tobs Leiche vor sich hingelegt.

„Ist er gefesselt? Aber... Sohn, geht es dir gut?

„Antwort, Tobi.

„Ja, Vater. Kannst du mich nicht hier rausholen? Diese verdammten ...

Clay schob ihm das Gewehr in die Niere.

„Halt die Klappe, Arschloch.

„Sohn, wir holen dich jetzt raus. Sie, Doktor.

Clay schob Tob weg und warf ihn ins Zimmer.

"Was ist los?

„Lass meinen Sohn frei.

„Amazee, überhitzt nicht. Es könnte sehr schlimm für dich sein.

„Lass meine Gesundheit in Ruhe und... lass den Jungen los!

„Kopf an Kopf, Amazee. Ich brauche Lanes.

"Warum?

„Du weißt es genau. Und eines sage ich Ihnen: Das geringste Anzeichen dafür, dass Ihre Männer etwas gegen uns unternehmen wollen, wird den Tod Ihres Sohnes bedeuten. Und ich werde nicht mehr streiten! Entweder gibst du mir Lane, oder du siehst deinen Sohn nie wieder lebend. Hast du verstanden? Lane hat zwei Verbrechen begangen, und ihr Sohn wusste davon. Jetzt liegt es an Ihnen!

„Herr Doktor, kann ich...

„Ich sagte, ich will nicht mehr streiten! Gib mir Lane! Her damit!

Es herrschte Stille. Fast eine Minute.

„Ich weiß nicht, wo Lane ist. Er ist nicht bei mir.

„Es ist okay. Ich werde den Jungen töten.

"Warten!

„Auf was?

"Ich hörte...

Der alte Mann keuchte. Es zeigte sich in seiner Stimme. Ton runzelte die Stirn.

"Ich sprach.

„Wenn ich Lane dir übergebe, dann...

„Ich werde dir deinen Sohn zurückgeben. Und Gott weiß, dass ich ihn gerne mit bloßen Händen töten würde, weil er ein Schwein ist, aber ich werde mein Wort halten.

„Aber wenn ich Lane nicht habe ...

"Schlag es nach!

Er stoppte.

„Du kannst es schaffen. Er hat Männer und er hat Macht. Er hat immer beide missbraucht. Nun ... benutze sie! Hol dir Lane.

„Herr Doktor, kann ich reinkommen?

"So dass?

"Mit dir zu reden.

„Entwaffnen Sie sich und kommen Sie.

Der alte Mann ließ seine Waffen fallen.

„Sagen Sie Ihren Männern, sie sollen sich nicht von ihrem Standort entfernen. Lassen Sie sie sich einen Moment lang nicht bewegen... außer um nach Lane zu suchen.

Der alte Mann drehte sich um und sprach. Ton hörte zu. Er wiederholte seine Worte, ohne etwas hinzuzufügen.

Dann trat Amazee ein.

„Welpe, bist du...?

Er beugte sich über seinen Sohn.

„Papa", sagte der junge Mann, „könnt ihr das nicht töten...?

„Halt die Klappe! Ich werde die Situation in Ordnung bringen.

Er wandte sich an die Gruppe, die ihn beobachtete: Clay, Sally und Hough.

„Ich verstehe", sagte er.

"Was?

Es war Ton. Ich starrte ihn an.

„Ich werde nicht mehr streiten. Ich wollte nur sehen, ob mein Sohn... okay war. Die Hälfte ist. Ich werde ihn ignorieren, denn sein Leben ist mir mehr wert als das eines Vorarbeiters. Begriffe?

Er sprach gelassen.

„Meine Bedingungen sind: Lane.

"Sein Kopf?

„Nicht. Lebendig. Ich möchte ihn selbst töten.

„Er wird es bekommen.

„Und... ich bin noch nicht fertig. Wir werden hier mit Ihrem Sohn abreisen. Wir veröffentlichen es, sobald wir weg sind.

„Woher soll ich wissen, dass sie ihn nicht töten werden?

„Du musst mir glauben, Amazee. Es geht darum, es zu nehmen oder es zu lassen.

„Du", sagte der Alte mühsam, „sind der Erste, der mich ans Kreuz legt.

„Das geht mich nichts an, Amazee. Akzeptierst du oder nicht? Ich will nicht streiten.

„Ist dir das Leben einer roten Haut so viel wert?

Sally legte ihre Hand auf Clays Arm, als sie weiße Linien der Wut auf Clays Gesicht erscheinen sah.

„Schon gut. Was mir wert ist, ist dir nicht genug. Nicht du, nicht viele andere wie du. Wichtig ist ... dass ich jetzt die Kraft habe und das ist das einzige, was du verstanden hast in deinem Leben. Die Macht! Warte jetzt, Amazee. Viele Male hat er andere dazu gebracht, es zu schlucken. Hol es dir jetzt! Ich könnte mit dir über Menschenrechte sprechen; ich würde es nicht verstehen. Aber wenn wir die gleiche Sprache sprechen, wird er es Bring mir Lane.

Amazee beobachtete ihn hypnotisch.

„Also, das ist Ihre Position.

"Ja.

„Er wird es bekommen.

"Du weist wo es ist.

"Ich glaube schon.

"Bring es.

"Hier?

„Ja, verdammt. Hier.

"Doktor", sagte Hough in einem ruhigen Ton, "warum wählen Sie nicht einen anderen Ort?"

Clay drehte sich zu ihm um.

„Weil ich nicht will! Hier bin ich, wo ich Befehle erteilen kann. Ich will diesen Ort und keinen anderen. Und die Interessen und Prinzipien der Übersee können für mich zum Teufel gehen.

"Ich nehme an", sagte Amazee, "wer weiß, dass er nach dem, was er mir angetan hat, nirgendwo hingehen kann ...

Er erkannte, dass er den Mann bedrohen wollte, der all die Triumphe für ihn hatte, und er schloss den Mund. Lehm lächelte.

„Wie kommt es, dass der Sheriff seinen kleinen Freund nicht mitgebracht hat?

„Ich wollte diese Angelegenheit selbst lösen. das wünsche ich nicht...

„Nun. Und jetzt... Lane. Du musst wissen, wo du bist.

Der alte Mann ging zur Tür. Einmal drin, drehte er sich um.

„Junge", sagte er zu Tob, „mach dir keine Sorgen." „Und zu Clay": Du hättest mit mir haben können, was du gewollt hättest, wenn du das nicht getan hättest.

"Fahr zur Hölle.

Und der alte Mann ging. Sie sahen, wie er sich mit seinen Männern besprach und wie sie losgingen.

„Jetzt lass uns warten", sagte Clay.

„Doktor, Sie sollten...", begann Hough. Aber er verstummte, als er den Gesichtsausdruck des anderen sah". Und du, Sally...

„Ich weiß es schon. Die Übersee wird mich feuern.

„Ich habe nicht so viel gesagt, aber ...

„Und das ist mir egal, Hough. Ich würde es wieder tun.

„Ja, ich weiß, was für eine Frau du bist. Hartnäckig und... mutig. Doktor, was werden Sie tun, wenn Lane zu Ihnen gebracht wird?

„Was du nicht weißt, wird dir nicht weh tun, Hough.

"Ich verstehe.

Mac kam vom Dach herunter.

„Nun, sie sind weg.

Der Nachmittag verging langsam. Um sechs Uhr traf eine Gruppe Reiter am Posten ein. Hough kam heraus, um ihnen ihre Anweisungen zu geben. Es waren fünf von ihnen und sie schienen entschlossen und fähig zu sein. Sie kümmerten sich augenblicklich um alles, ohne Fragen zu stellen, als sie diese gefesselten Männer sahen, deren Hände nur der Reihe nach gelöst worden waren, um ihnen Essen zu geben.

Clay beobachtete Houghs berechnenden Blick. Er konnte ihren Gedanken fast erraten. Der Inspektor aus Übersee hatte einen Moment darüber nachgedacht, die Situation mit seinen Männern zu übernehmen, schien aber aufzugeben.

Sie warteten.

Und die Nacht kam, und die Nacht verging. Clay schlief nur einen Moment, während Mac zusah. Dann übernahm Sally. Dawn überraschte sie schon auf.

Fast gerade als die rote Scheibe hinter den Bergen hervorlugte, sahen sie sie.

„Ton", sagte Mac. Ich glaube, sie kommen.

"Auf dem Dach.

„Das wird schon zur Gewohnheit. Bald werden mir die Ohren wachsen und ich werde nach Essen miauen und Milch vom Teller trinken.

Old Amazee ritt an der Spitze der Gruppe.

"Bester! Doktor!

Clay lehnte sich aus der Tür.

"Gut?

"Hier ist es.

Zwei seiner Männer traten vor und führten einen anderen zwischen sich. Seine Hände waren an den Knauf des Stuhls gefesselt.

„Bring ihn her.

"Lasst uns gehen Jungs.

Die beiden Männer näherten sich dem anderen. Sie ließen ihn fast vor der Tür stehen.

„Hi, Lane", sagte Clay leise.

Der andere hob seine blauen Augen. Sie hatten einen seltsamen Ausdruck.

Plötzlich erhob er seine Stimme.

„Amazee, du hast mich verkauft, Judas!

»Es ging um das Leben meines Sohnes für Ihres, Lane.

„Du hast mich gekreuzigt!

„Du hast dich nur selbst gekreuzigt, als du das mit dem Indianermädchen gemacht hast. Als er sie tötete. Als er Sally geschlagen hat. Du allein, Lane. Beschuldigen Sie niemanden.

„Was machst du mit mir?

„Was du nicht mit ihnen gemacht hast. Gib dir die Chance, den Revolver gleichzeitig mit mir zu ziehen.

„Du willst mich ermorden.

Lehm zuckte mit den Schultern.

„Nimm es wie du willst. Im Moment ist mir das egal.

„Bester! Amazee heulte. Mein Sohn.

"Ich habe es dir schon gesagt. Ich akzeptiere es. Aber ich gebe dir mein Wort, dass ich es dir wohlbehalten zurückgeben werde.

„Du wirst es mir gleich geben!

„Nicht. Ich möchte nicht, dass er mit all diesen Leuten auf mich fällt. Ich werde es nehmen.

Und mit leiser Stimme:

„Sally, hast du Sachen bereit?

"Alles.

"Mac?

„Ja, Ton.

„Gut, Amazee. Du gehst zurück auf deine Ranch. Dein Sohn kommt bald zu dir.

„Du wirst nicht einhalten, was du sagst!

„Ich werde es erfüllen. Und nenn mich nicht noch einmal einen Lügner, denn es wird dich belasten. Hier sind Sie die einzigen Lügner.

„Mr. Amazee, lassen Sie mich nicht mit diesem Typen allein", sagte Lane.

„Ich will nicht mehr darüber reden. Amazee, geh zurück zu deiner Ranch oder Stadt, wo immer du willst. Aber ... raus!

Der alte Mann zweifelte. Er fuhr sich mit der Hand durchs Haar. Hecheln:

„Am besten, wenn dem Jungen etwas passiert, ich schwöre, ich werde ihn quer durch das Land jagen, durch die Vereinigten Staaten.

„Ich habe dir schon gesagt, dass dir nichts passieren wird. Und jetzt ... gehen sie oder nicht?

Es gab immer noch ein leichtes Zögern. Dann sagte Amazee:

„Leute, macht euch auf den Weg.

„Herr Amazee!

Es war Lane. Sein Gesicht war fahl, von ungesunder Farbe.

„Lassen Sie mich nicht hier, Mr. Amazee.

„Mac, lass Mr. Amazees Männer los", sagte er.

Clay ". Wir brauchen sie nicht. Nur Tob und... meine Liebe, meine geliebte Lane.

Mac gehorchte. Die drei Männer gingen zu den anderen.

Und die ganze Gruppe fing langsam an. Clay zielte mit seinem Gewehr auf Lane.

Die angespannte Szene dauerte fast eine halbe Stunde, bis sich die Gruppe am Horizont verlor.

„Klar", sagte Hough, „sie sind nicht weg. Sie werden sicher überall auf dich warten, und sie werden dich das alles sicherlich teuer bezahlen lassen. Zumindest würde ich das stattdessen tun.

„Und ich", stimmte Clay zu. Aber ... Mac.

„Wir werden sie nicht verwöhnen. Wir werden in die Berge fahren. In ihnen wird mich niemand finden. Ich kenne sie, als wäre ich in sie hineingeboren worden.

Ton nickte.

„Sally", sagte Hough, „hast du es durchdacht? Gehst du?

Sie schüttelte zustimmend den Kopf.

„Ja, Hough", sagte er später. Ich gehe. Es tut mir leid.

„Nein, ich weiß, dass du es nicht fühlst. Aber zumindest verstehe ich. Nun, ich wünsche dir viel Glück.

„Warte eine Minute", sagte Clay.

Lane hatte sich bewegt. Mac ging zu ihm.

„Beweg dich nicht, du verdammtes Schwein. Nicht bewegen.

„Hör zu, ich...

Sally konfrontierte ihn.

„Lane, hast du deinen Mut verloren?

"Hör zu, Sally...

„Nicht. Du hast mich geschlagen, erinnerst du dich? Du hast mich von zwei Männern festgehalten und hast mich mit dem Gürtel geschlagen.

Lane schloss den Mund. Seine Augen schienen wild in ihren Höhlen.

"Hough", sagte Clay plötzlich ", möchtest du ein Duell miterleben?

„Eine Herausforderung? Willst du mit diesem Mann kämpfen?

„Ich habe es schon gesagt. Aber sie denken, ich werde es weit von hier tun. Nein, übrigens. Ich werde es tun ... hier. Vor dir. Sie werden meine Zeugen sein.

„Okay", sagte Mac. Sehr gut, ja, Sir.

„Hören Sie, Herr Doktor...

„Wollen Sie als Zeuge dienen oder nicht? Sie und Ihre Männer.

Hough zuckte mit den Schultern.

"Wenn Sie entschlossen sind ...

"Ich bin.

„In diesem Fall tun Sie, was Sie wollen.

„Werden Sie Zeuge sein, wenn jemand fragt?

„Das werde ich. Meine Männer und ich werden es sein.

"Es wird Mord sein", sagte Lane.

„Nicht. Es wird ein Kampf. Mac, bereite eine Pistole vor, mit der ganzen Ladung Kugeln. Dann wirst du den Kerl loslassen. Und, Sally, bring die junge Amazee mit. Er hat auch das Recht, sie zu sehen.

Houghs Männer waren näher gekommen. In den Augen aller konnte man lesen, dass sie dies um nichts mehr verpassen würden.

"Hough, kannst du dich in die Mitte der beiden setzen", sagte Clay. Sie werden der Schiedsrichter sein.

"Gemäß.

Mac ging zu Lane. Mit einer schnellen Bewegung durchtrennte er die Seile, die ihn am Knauf des Stuhls hielten.

„Komm runter, Schwein.

Lane fiel zu Boden. Er hat sich umgesehen.

„Nein, du kannst nicht weglaufen. Was Sie tun können, ist beten.

Mac hatte den Revolver in einer Hand. Das Gewehr im anderen.

„Bleib, wo du bist, Lane.

Clay wandte sich an Sally. Sie sah ihn an, ihr Gesicht war blass.

„Ton, um Gottes willen, sei vorsichtig. Ich habe gehört, dass dieser Mann Linkshänder ist und schießt ...

„Halt die Klappe. Mach dir keine Sorgen. Ich muss es sowieso tun.

Sie umarmte ihn. Dann hat er es freigegeben. Tob beobachtete sie.

„Lane!" sagte er. Töte ihn!

Clay schlug ihm ohne viel Kraft in den Mund.

„Halt die Klappe oder hinter ihm wirst du gehen.

"Du wirst dich erinnern.

"Und Sie.

Dann heulte er:

„Mac! Kannst du ihm die Waffe geben?

„Sobald du fertig bist.

Clay pflanzte sich in die Mitte des Hofes. Hough ging, bis er zwischen ihnen war. Einige seiner Männer zogen ihre Pistolen.

„Nein, Leute, ich glaube nicht, dass er versucht, auf mich zu schießen.

„Nur für alle Fälle, Boss", sagte einer von ihnen.

Und einen Moment später standen die beiden Männer allein in der Mitte des Hofes.

„Hough, zähle zwanzig Meter zwischen euch beiden", sagte Clay.

Hough zählte sie langsam. Er zeigte Lane, wo er stehen konnte, und der andere tat es.

Clay wischte sich die Hände am Hosenboden ab. Lane tat dasselbe. Dann ging Mac auf ihn zu und sah Clay an.

"Schon", sagte dieser.

Mac packte die Pistole am Kolben.

„Wenn du versuchst zu schießen, bevor ich es schon sage, bringe ich dich um", sagte er und hob das Gewehr.

"Fahr zur Hölle.

„Komm schon, Mac", sagte Clay.

Sally schloss für einen Moment die Augen. Als er sie wieder öffnete, standen sich die beiden Männer gegenüber. Hough, in der Mitte, weg von der Schusslinie.

Lehm war ruhig. Er sah seinen Feind direkt an, der, ein wenig geduckt, seine Pistole bereits in seinem Revolver hatte, wo Mac sie abgelegt hatte.

Die Sonne stand gegen Lehm. Dieser realisierte zwar etwas spät, wollte aber nicht mehr die Plätze wechseln. Hough hat es auch gesehen. Aber wenn er die Aufmerksamkeit des Arztes auf sich zog, konnte er abgelenkt werden und das wäre tödlich.

Mit der linken Hand schob er seinen Hut nach vorne. Dieser Schritt würde ihn verlieren.

Lane legte seine Hand auf sein linkes Bein, und der Revolver sprang davon.

Lehm folgte ihm. Seine Hand schien langsamer zu sein als sonst, und dann beugte er sich leicht nach unten und zur Seite. Das hat ihm das Leben gerettet. Die Kugel, die sein Herz getroffen hätte, streifte seinen Arm. Da hat er schon geschossen.

Zwei seiner Kugeln fanden Lanes Körper und wirbelten ihn heftig herum, sodass seine anderen Schüsse harmlos in die Luft flogen.

Und Clay leerte seinen Revolver über die Leiche. Die letzte Kugel traf Lane bereits am Boden.

Ton richtete sich auf. Er keuchte leicht. Ein dünnes Rinnsal Blut rann seinen Arm hinunter.

Sally rannte auf ihn zu.

"Du bist verletzt!

„Nein, es ist nur ein Kratzer.

"Warte, ich muss dein Hemd ausziehen...

"Später.

Hough ging zu Lane und sah ihn an.

„Tot", sagte er.

Dann schüttelte er Clay die Hand.

„Das freut mich, Herr Doktor.

"Vielen Dank.

Er drehte sich zu Tob um, der ihn anstarrte und schwer schluckte.

„Hör zu, Amazee. Gleich kann er gehen.

"Gehen?

„Ich habe es gesagt. Gehen. Ich will nicht, dass er seinen Vater einholt, bis wir weit weg sind. Aber zuerst möchte ich etwas für dich tun. Mac, binde es los.

„Was wirst du mit mir machen? Das gleiche wie…?

„Nein, verprügeln Sie ihn einfach, damit er sich sein ganzes Leben lang erinnert.

Mac starrte Clay an.

„Warte, Clay, wäre es nicht besser, wenn du es einfach fallen lässt und…?

"Nicht. Binde es los.

"Wie es Dir gefällt.

Habe. Tob streckte seine langen Glieder. Ein vorsichtiger Ausdruck erschien in seinen Augen.

"Wenn ich gewinne …

„Wenn er mich schlägt, lässt Mac ihn gehen. Kostenlos. Aber…

Tob wartete nicht. Er sprang auf und seine Faust schlug auf Clays Kiefer. Er lächelte, wandte den Kopf ab und schlug mit der Faust in Tobs Leber.

Amazees Sohn krümmte sich zusammen. Dann schlug Clay ihn mit einem Stoß ans Kinn und warf ihn zurück. Bevor er auf dem Boden aufschlug, landete er zwei weitere Schläge. Die Leiche des jungen Mannes fiel zu Boden.

Komm schon steh auf.

Tob hat es getan. Kaum hatte er die Senkrechte erreicht, stürzte Clay bereits über ihn hinweg.

Ein Haken, ein weiterer Seitenhieb und… zu Boden.

"Aufstehen.

Aber dieses Mal gehorchte Tob nicht. Er blutete aus seinem Mund und aus einer Augenbraue. Eines seiner Augen war fast geschlossen.

„Nicht aufstehen? Nun, Hough, sie waren Zeugen. Wir gehen. Lass es gehen, sobald wir weg sind. Kann ich dir vertrauen?

„Sie können es tun, Doktor. Und viel Glück.

Er hob Sally hoch und legte einen Arm um ihre Schultern.

„Viel Glück, Mädchen.

Fünf Minuten später standen sie außerhalb des Pfostens, bestiegen ihre Pferde und folgten den Maultieren.

„Du wirst mich jetzt gehen lassen", sagte Tob zu Hough.

„Wirklich? Erst nach mindestens zwei Stunden", antwortete der Agent. „Sie können nicht mehr gehen, nachdem Sie das Korrektiv erhalten haben.

"Verdammt...

Hough starrte ihn an.

Hören Sie, junger Mann, ich bin nicht von Ihrem Vater abhängig. Ich gehöre zu den Übersee. Und was bei der Post gemacht wird, bestelle ich. Hat verstanden? Und wenn Sie daran dachten, es Ihrem Vater zu sagen, denken Sie daran: Zwischen Ihnen und Übersee besteht ein schwebendes Konto wegen Körperverletzung und Zerstörung von Eigentum und Misshandlung eines Postangestellten. Sie werden sehen, was Sie bevorzugen.

Tob schloss die Lippen.

EPILOG

Lieber Hough, erinnerst du dich an mich? Nur ein paar kurze Briefe, um Ihnen mitzuteilen, dass wir gefunden haben ... deshalb sind immer so viele Menschen gestorben. Ein gelbes Metall. Der alte Mac hatte recht. Das Riff existierte. Und er hat es bereits angeprangert und arbeitet wie eine Kraft daran, es herauszuziehen. Aber es gibt und es reicht.

„Glaubst du, es interessiert mich? Nun, nein. Clay und ich werden nur einen Teil dieses Goldes nehmen. Lange genug, damit Clay ein Büro in Tulsa eröffnen kann. Und nein, es wird Arbeit sein, die einem guten Arzt wie meinem Mann fehlt , wissen Sie, wir haben vor zwei Tagen geheiratet.

„Es würde lange dauern, zu erzählen, was wir durchgemacht haben, bis wir die alte Amazee dazu gebracht haben, unsere Spur in den Bergen zu verlieren. Aber wir bekommen es.

»Wir haben alles erreicht.

Sogar das Glück, das alles wert ist.

»Ihre Liebste

"Ausfall."

ENDE